KB163451

잊지 않을게
절대로
잊지 않을게

잊지 않을게 절대로 잊지 않을게

4.16세월호참사 가족협의회, 4.16연대 기획
정원선, 배영란 지음

1판 1쇄 인쇄   2017. 4. 6.
1판 1쇄 발행   2017. 4. 16.

발행처 | 해토
발행인 | 고찬규
신고번호 | 제313-2004-00095호
신고일자 | 2004. 4. 21.
(121-896) 서울특별시 마포구 동교로13길 34(서교동 474-13)
전화 02)325-5676 팩스 02)333-5980

북디자인 | 아르떼203

저작권자 ⓒ 2017 정원선, 배영란
이 책의 저작권자는 위와 같습니다.
저작권자의 동의 없이 내용의 일부를 인용하거나 발췌하는 것을 금합니다.

"한국출판문화산업진흥원의 출판콘텐츠 창작자금을 지원받아 제작되었습니다."

값은 표지에 있습니다.
ISBN 978-89-90978-98-1   03810

잊지 않을게
절대로
잊지 않을게

4.16세월호참사 가족협의회,
4.16연대 기획
정원선, 배영란 지음

해토

"다 지나간 지금, 자네는 사실 삶으로 대답했네. 중요한 문제들은 결국 언제나 전 생애로 대답한다네. 그동안에 무슨 말을 하고, 어떤 원칙이나 말을 내세워 변명하고, 그런 것들이 과연 중요할까? 결국 모든 것의 끝에 가면, 세상이 끈질기게 던지는 질문에 전 생애로 대답하는 법이네. 너는 누구냐? 너는 진정 무엇을 원했느냐? 너는 진정 무엇을 할 수 있었느냐? 너는 어디에서 신의를 지켰고, 어디에서 신의를 지키지 않았느냐? 너는 어디에서 용감했고, 어디에서 비겁했느냐? 세상은 이런 질문들을 던지지. 그리고 할 수 있는 한, 누구나 대답을 한다네. 솔직하고 안 하고는 그리 중요하지 않아. 중요한 것은 결국 전 생애로 대답한다는 것일세."

— 산도르 마라이, 〈열정〉 155쪽

그려보면
아이들이
다 예뻐요

희생자의 초상을 그리는 화가, 사무원 _ 최강현(1973년생, 경기도 일산동구 중산동)

경기도 안산시 상록구 월피동의 삼일초등학교 오른편에는 '삼일마트'라는 이름의 동네 슈퍼가 하나 있다. 쌀도 팔고, 담배도 팔고, 한입 거리 야채와 과일 같은 부식거리도 파는 어디에나 있을 법한 작은 가게다.

2014년 봄은 뭐가 그리 급했는지 연초부터 서둘러 왔다. 3월부터 예년같지 않은 훈풍이 불어오더니, 꽃들은 일찍 봉오리를 열었고, 4월 들어서는 온통 찬란해져 창으로 스며드는 잔볕이 환하다 못해 손을 뻗으면 만질 수도 있을 것만 같았다.

4월의 세 번째 수요일이었던 16일, 그날도 슈퍼는 아침 일찍 문을 열었다. 남편 강병길(50세)씨는 가게 앞을 쓸었고, 아내 은인숙(47세)씨는 들여둔 물품을 꺼냈다. 바람 한 점 없는 따스한 하루였다. 아침 찬거리를 사러온 주부들에게 두부를 팔고, 재잘대는 초등학생들에게 과자를 건넸다. 그러다 강병길씨가 전화를 받은 것은 오전 9시 43분이었다. 전날 수학여행을 떠난 아들 강승묵군에게서 걸려온 전화였다. 아들은 말했다. '아빠, 배가 가라앉고 있어' 아빠는 겁이 덜컥 났지만 아내가 걱정할까 봐 내색하지 않고 대답했다. '선생님 지시 잘 따르도록 해' 그것이 부자가 나눈 이승에서의 마지막 대화였다. 그 뒤로 강승묵씨는 수십 번 아들의 휴대폰 번호를 눌렀지만 끝내 승묵이는 전화를 받지 못했다.

부부가 슈퍼에서 초조하게 전화를 걸어대던 시간, TV에서는 같은 화면을 반복적으로 내보내기 시작했다. 수학여행을 떠난 학생들을 싣고 가던 여객선이 침몰하고 있다는 소식이었다. 부부는 서둘러 가게 문을 닫았다. '단/원/고//우/리/승/묵/이/를//지/켜/주/세/요'

라고 A4용지에 큼지막이 한 글자씩 인쇄해 닫힌 셔터문 위에 붙이고는 터미널로 달려가 진도행 버스를 탔다.

고속버스 안에서도 불안감은 가시지 않았다. 차량 내 TV 화면에서는 '전원 구조'라는 자막이 떴다가, 또 '일부 생존'이라는 자막으로 바뀌기도 했다. 경기교육청과 단원고, 안전행정부는 강병길씨의 휴대폰으로 연신 상반되는 문자를 보냈다. '전부 구조됐다'거나 '현재 구조자 리스트' 같은. 부부는 휴대폰을 꺼버렸다. 진도에 도착해 해경이 집계한 생존자 명단을 떨리는 손으로 짚어가는데, 어디에도 승묵이가 없었다. 아내는 희망 섞인 풍문을 듣고는 '승묵이가 섬에 있다'고 믿었다. 남편은 눈을 꾹 감았다.

그 시각 월피동 주민들은 슈퍼 앞을 지나다 부부가 쓴 글을 읽었다. 탄식하던 이웃들은 누가 시킨 것도 아닌데, 셔터 문 위로 응원 메시지를 붙이기 시작했다. 수첩을 찢어 쓴 회사원도 있고, 노란색 빨간색 포스트잇을 단 학생들도 있었다. 승묵이에게 편지를 적은 주부도 있었다. '승묵아 돌아와', '기다릴게요', '다녀오겠습니다 하고 떠났으니 다녀왔습니다 하고 돌아와라'. 쪽지는 점점 더 늘어났다. 가게를 가득 차고 넘쳐 천막과 가로수까지 뒤덮었다. 다들 한마음으로 무사귀환을 빌었다.

사고가 난 후 10일째 되던 25일 금요일, 세상은 무너졌다. 강승묵군의 시신이 물 위로 올라온 것이다. 주검을 덮은 흰 천 바깥으로 빠져나온 발을 보고, 강병길씨는 아들을 한눈에 알아보았다고 한다. 부부는 눈앞의 현실을 믿을 수 없었다. 기적은 없었다. 비극만 있었다.

26일 토요일, 삼일마트에는 주민들이 붙였던 수천수만 장의 쪽지가 떼어지고, 새로운 종이 한 장이 나붙었다. '감사합니다'로 시작되는 글이었다. 부부는 승묵이가 더 이상 춥지도 무섭지도 않은 곳으로 여행을 떠났다며 진심으로 고맙다고 마음을 전했다.

27일 일요일 오전 9시 30분. 인근 장례식장에서는 희생 학생 27명의 합동발인식이 열렸다. 강승묵군도 거기 있었다. 가게 문에 달렸던 수많은 메시지도 함께 안장됐다. 장지로 떠나는 운구 차량을 가로막으며 은인숙씨가 오열했다. 그녀가 부르는 승묵이의 이름이 장례식장에 울려퍼졌다. 2014년 봄은 그렇게 끝났다.

최강현씨는 2015년 3월 이래, 단원고 희생자 학생들의 얼굴을 그리는 '세월호 초상화가'로 처음 알려졌다. 참사 직후 한겨레신문에서 박재동 화백의 그림과 아이들의 사연을 담은 '잊지 않겠습니다'

꼭지를 1년 가까이 연재했고 그 외에도 일부 언론이 도드라진 몇몇을 기록화로 남긴 바 있지만 단원고 희생자 전부를 그려낸 것은 최강현씨가 유일하다. 그는 영어 전문 기업에서 오래 근무한 직장인으로, 그전까지 그림은 단순한 취미였다고 한다. 낮에는 회사를 다니고 밤에는 희생자와 유가족의 그림을 그리는 양분된 생활이

그려보면 아이들이 다 예뻐요 : 최강현

일상으로 자리잡은 지 2년째다.

최강현씨의 세월호 그림이 초상화에만 한정된 건 아니다. 우리는 알게 모르게 그의 작품에 익숙하다. 광장이나 거리에서 흔히 보는 세월호 핀 버튼이나 뱃지, 스티커의 상당수가 그의 그림을 바탕으로 하고 있기 때문이다.

그의 아내 김연지씨는 일명 '웃는 얼굴'로 이름난 헌신적인 세월호 시민봉사자이기도 하다. 부부는 세월호 행사가 있을 때마다 너나없이 활동을 돕고, 주말에도 광화문 분향소로 나와 행인들에게 유인물을 나눠주며 선전전을 펼친다. 아이를 데리고 나온 부부가 환한 얼굴로 웃으며 광화문과 안산 등지를 오가는 풍경은 이제 아주 친숙해져서 그 횟수를 헤아리기가 민망할 지경이다.

그림 그리는 남자, 최강현씨를 그의 직장 근처 카페에서 인터뷰했다. '아무것도 한 게 없다'며 자꾸 입술을 깨물고 말을 흐리는 그를 여러 번 만나고 전화해 캐물었다. 가장 최근의 인터뷰는 2016년 10월, 그가 동거차도를 두 번째 다녀온 직후였다.

이젠 만질 수가 없으니까

» 광화문에서 서명도 받고, 이런저런 다른 활동도 많이 하셨지만, 제일 크게 알려진 건 희생된 단원고 학생들의 초상화를 그려주신 일이에요. 어떻게 시작하시게 됐나요?

단원고 2-5 故 문중식군 가족 그림 © 최강현

단원고 2-8 故 김동현군 가족 그림 © 최강현

"활동이랄 게 없어요. 그림도 그냥 애들 생일에 맞춰서 그리는 것뿐이고."

　　» 단원고 희생자 학생들을 전부 그리셨는데, 아무것도 안 했다고 하기엔 좀……(웃음) 누구부터 그리셨던 건지?

"2015년 승묵이[1] 생일 때. 광화문TV의 정보라 작가님이 '오늘의 유머' 사이트에 매번 아이들 생일 축하 글을 올려주시잖아요. 그걸 보고 흑백으로 그려서 이미지로 올려본 게 시작이었죠."

　　» 우연히 시작된 일인데, 2년 넘게 지속적으로 하고 계세요. 꾸준히 하겠다 마음먹은 계기가 있었나요?

"제 나름대로 기억하는 방법이었던 거예요. 부모님들한테 그림을 전해드리면서, 이게 조금이나마 위로가 되는구나 느껴지는 부분도 있었고. 아내는 피켓팅하고 서명하고 열심히 하는데, 과연 나는 뭘 할 수 있을까. 저같은 사람이 많을 거예요. 가슴은 아프지만 보고만 있는. 그런데 이건 제가 할 수 있는 거더라구요."

　　» 생일에 맞춰 250명 초상화를 전부 그려주셨어요.

1　故 강승묵군의 생일은 3월 31일이다. 민중의소리 2015년 3월 31일 기사 "오늘은 단원고 승묵이 19번째 생일입니다_진상규명……가장 주고 싶은 생일선물" http://www.vop.co.kr/A00000866979.html

"그리다 보니까 2015년 8월에 딱 끝났어요. 6개월 만에. 맨날 그림만 그렸죠.(웃음)"

» 하루에 한 장 이상씩 그린 셈인데, 직장에서 일도 안 하고 그림만 하신 건 아닌가요?(웃음)

"퇴근하고 밤에 그려요. 생일을 잊어버리거나 빠뜨린 그림이 있으면 점심시간을 쪼개서도 그리지만. 쓱싹쓱싹. 오래는 안 걸리니까."

» 초상화를 그린다는 게 대상을 물끄러미 바라보는 일이기도 한데, 그러다 보면 여러 가지 감정이 들지 않나요?

"그려 보면 아이들이 다 예뻐요. 얼굴은 다르지만 각각 다 예쁘구. 어린 친구들을 제가 이렇게 오래 바라본 적이 없거든요. 그러다 보면 힘들어지는 건 있어요. 있는데 그 감정에 빠져들지 않으려고 노력해요. 그림까지 슬퍼질까 봐. 이게 부모님들이 보실 거니까."

» 그릴 때 가장 어려운 점은 뭔가요?

"부모님들께 받은 증명사진을 보고 그리는 건데, 그러다보니 아무래도 경직되어 있거나 보정된 게 많아서 실제와는 차이가 있어요. 나중에라도 일상 사진이나 다른 사진들을 보내주시면 또 새롭게 그려드리긴 하는데. 처음엔 흑백으로만 하다가 아이패드 사고부터는 채색이 편해져서 지금은 컬러를 입혀요. 사진만으로 균형감을 잡고 디테일을 살리는 게 좀 까다롭네요."

» 증명사진은 대개 무표정한데, 아이들을 다 웃고 있는 모습으로 그려주고 계세요. 비법이?

"입꼬리를 올려드려요. (일동 웃음) 그러면 웃게 되니까. 입만 웃지 않도록 밸런스를 맞춰서."

» 사진을 받고 그림을 보내면서 부모님들과 연락을 자주 하시잖아요. 우리 딸, 우리 아들 이야기가 많이 나올 텐데. 그렇게 유가족들 이야기를 세세하게 듣다 보면 마음이 아프진 않나요?

"듣기만 하면 되니까…… 제일 마음이 아팠던 건 카톡으로 다○이 어머님께 그림을 보내드렸을 때였어요. 읽었다고 표시는 되는데 아무 말씀이 없으신 거예요. 한참 뒤에 전화가 걸려왔어요. 너무 고맙다고 흐느끼시면서…… 그림을 보고 우셨던 거죠. 아이가 그렇게 되고 나서는 매일 하루하루를 눈물로 시작하는데 이게 큰 위안이 됐다고…… 가슴이 찢어지는 것 같더라구요. 제가 이런 걸 못 해드려도 다○이가 살아만 있다면 얼마나 좋겠어요. 이젠 만질 수가 없으니까……"

» 그런 일이 자주 있나요.

"도○ 어머님은 움짤을 보내주시기도 하고, 윤○ 아버님은 이모티콘을 막 날리시고…… 다들 예쁘다 해주시고 좋아들 해주셔서 기쁘죠. 이걸로 고통을 덜어드릴 수는 없겠지만."

국회로 술 마시러 온 남자

» 생일 기념 초상화로만 끝내지 않고 작업을 계속 넓혀가고 계신
  걸로 아는데.

"유가족들이 좋아하시니까. 다들 그렇겠지만, 누구는 그분들 만나서 얘기를 들어 드리고 또 글을 쓰는 사람도 있고 또 누구는 피켓팅 하면서 외치는 거고. 제가 할 수 있는 걸 하는 거죠. 차후에는 캐리커처를 더해서 아이들의 소소한 이야기까지 담아보고 싶어요. 지금은 여러 장을 연대기로 구성해서 성장 앨범을 만들어 드리는데. 미처 가족 사진을 못 찍었던 분들도 계셔서 아이들을 가운데 넣고 가족 그림을 짜드리는 것도 보람이 있어요. 사진은 불가능하지만 그림은 그런 게 가능하니까."

» 시간을 많이 잡아먹는 일일 텐데요.

"오래 걸리겠죠. 채색하고부터는 확실히 더…… 애들 49재 치르시면서 유품을 전부 태운 부모님들이 많으세요. 좋은 곳으로 가라고. 그래서 처음에는 애들 사진이 없다가 나중에 찾은 스냅 사진, 단체 사진을 보내주시는 경우가 있는데. 그것도 전부 그려드리려고 해요. 일상의 모습을 담으면 더 좋아하시니까."

   » 세월호 관련 행사에 처음으로 나오셨던 게 2014년 추석이죠?

"그랬죠. 추석 연휴에 국회 본청에서 민석 아버지[2]가 혼자 계시다고 아내한테 연락이 와서…… 같이 대작할 사람으로 불려갔죠."

   » 유가족과 직접 대면하는 자리라 많이 어려우셨을텐데.

"신나게 갔어요. 술자리라." (일동 웃음)

   » 그날 두 분 다 엄청 드셨어요. 말은 쉽게 하셨지만 부담이 크셨나
     봐요.

"(얼버무리며)기억이 안 나요. 소주를 많이 따라주셔서……"

---

2   단원고 희생자 2학년 5반 김민석군의 아버지 김우홍씨는 2014년 세월호 특별법에 관한 여야 협의가
    파행으로 진행되면서 국회 농성에 돌입한 유가족 중 한 명이다. 그해 추석에는 광화문에서 유가족과
    시민이 함께 하는 행사가 열리면서 연휴 내내 민석아버지 혼자 국회에 남아 혹시 있을지도 모를 날
    치기에 대비했다. 최강현씨는 김우홍씨가 적적하지 않도록 말동무를 해주며 같이 밤을 샜다.

잊지 않을게, 절대로 잊지 않을게

» 국회 농성이 당시 정의화 국회의장이 허가하면서 이뤄진 건데, 막상 새누리당 김태흠 국회의원은 그렇게 들어온 유가족들에게 '노숙자' 운운[3]했어요. 피해자들이 그런 취급을 받으면서 추석 때 텅 빈 국회를 지키는 모습이 아주 쓸쓸했는데.

"저는 국회에 처음 가본 거라…… 나같은 사람이 들어갈 수는 있나 걱정했는데 그냥 물건 취급하더라구요. 그 자리에서는 아버님 하시는 얘길 들으면서 그냥 논거죠 뭐."

» 그러고도 한동안 안 보이셨는데. 아내분이 열심히 활동하셔서, 한 사람은 주말에 아이를 봐야 했나 봐요.

"그건 아니고. 제가 2014년 10월까지 3년 동안 주말 아르바이트를 했어요."

» 아, 그래서?

"토요일, 일요일마다 자정부터 오전 9시까지 근무하는 편의점 알바였는데, 그러다보니까 주말 낮에는 자야 되고 따로 뭘 하기가 어려워서."

---

3   국민일보 2014년 8월 1일 기사 "막말전과 2범? 새누리 김태흠, 세월호 유족향해 '어디 뭐 노숙자들…'"http://news.kukinews.com/news/article.html?no=217419

그려보면 아이들이 다 예뻐요 : 최강현

» 휴일을 쉬지 못하고 보내면 주중에도 일하기 힘드셨을 텐데.

"월요일 컨디션이 아주 애매했죠. 눈도 흐리고.(웃음) 형편이 뻔해서 했던 건데, 9월에 국회에서 그런 모습을 보고 나니까 제 사정만 챙기기가 그렇더라구요."

» 그때는 초상화를 그리기 전이고, 세월호 활동도 안 하실 때였어요. 공감이 확 된 건가요?

"그냥 물 스며들 듯이 이렇게 됐어요. 제가 많이 바뀌었다고 생각은 안 해요. 이런 건 있죠. 아이가 생기기 전에는 우리 애는 어떨까 상상할 수 있어도 실제로 아이를 낳고 키우다 보면 이 아이가 원래 없었다는 걸 부부는 상상하지 못해요."

» 아아……

"제 느낌에는 아들이 작년에 제일 통통했던 거 같아요. 오늘 보면 왠지 마른 것 같고. 그런데 예전 사진을 보면 안 그렇더라구요. 안쓰러우니까 제가 그렇게 생각하는 것뿐이고 애는 잘 자라고 있더라구요.(웃음) 그래서 자다가도 깨서 아들을 만져보고 그러거든요. 모르겠어요. 제가 죽은 후에 아들이 저를 보고 싶을 수도 있겠지만, 부모 된 입장에서 먼저 자식을 보낸다는 게 상상이 안 가는 일이에요. 저는 제 아이를 아이라기보다 친구라고 생각하거든요."

» 자식이 친구라구요?

"내가 이렇게 좋아하고, 나를 이만큼 좋아해 주는 사람은 없었거든요. 나보다 좀 나중에 태어난 친구라는 느낌? 제가 아들과 사이가 아주 좋아요. '아빠 최고'라는 표현도 많이 하고, 내가 퇴근한다면 '아빠 언제 와?' 물어요. 제가 일찍 간다고 하면 저랑 밥 먹는다고 배고픈데도 기다려주고. 그런데 지난주에 갑자기 친구가 술 한잔 하자 전화가 온 거예요. 일찍 퇴근하려 했는데. 그럼 물어볼게 해서 집에 전화를 걸었어요. '아들, 미안한데. 친구가 오랜만에 만나자고 해서 저녁 먹고 가도 될까?' 하니까 "응" 대답을 하고서는 갑자기 막 우는 거예요.(일동 웃음) 말은 응이라고 해놓고. 그러니까 막 짠한 거예요. 나를 정말 좋아하는구나 싶고."

» 아이들은 그렇군요.

"그래서 "안 되겠다. 아들이 운다." 그러고 집에 왔죠. (웃음) 참 고마워요. 아내하고는 연애한 지 13년이 됐으니까 서로 쓰는 표현 같은 걸 알잖아요. 근데 아이는 늘 새로운 말을 들려주는 존재예요. 오늘 배운 노래를 불러준다거나 참신한 행동을 보여주기 때문에 항상 웃게 되죠. 아이가 이쁜 짓 할 때 부모님들 생각이 나요. 그분들의 삶은 어떨까. 그게 더 이상 삶이기는 할까. 부모님들하고 카톡 하면서 매번 고맙다 말씀을 드리는 게 그 고통을 당하시고도 아무렇지도 않은 척, 부처가 100명은 들어있는 것처럼 행동하시니까. 저희가 큰 빚을 졌다는 느낌이죠."

사진 속의 자식, 엎드려 절하는 부모

　동거차도(東巨次島). 물결이 크고 거칠어 다가가기 힘들다는 뜻(巨次)의 섬은 왼편의 보다 작은 서거차도(西巨次島)와 더불어 진도가 거느린 261곳 섬 중에서도 최서남단에 위치한다. 바로 앞 맹골수도(孟骨水道)와 더불어 3년 전부터 언론보도에 숱하게 등장하면서 모두에게 제법 익숙한 이름이 되었다.

　그 섬에 가려면 팽목항에서 하루에 딱 한 번 운행하는 연락선을 타야 한다. 남서쪽으로 60리 가량 떨어져 있는데, 배는 부근의 유인도를 돌고 돌아 2시간 30분 만에 동거차도에 내려준다. 어선을 빌려 직행해도 1시간은 걸리는 외딴 섬이다.

　그 섬의 꼭대기, 바다로 트여있는 좁은 턱마루에 돔 텐트와 천막 초소가 세워져 있다. 유가족들이 세월호 인양 작업을 망원경으로 '감시'하기 위해 어렵게 마련한 장소다. 오르는 길이 험난해서 능선을 타고 노란 리본이 줄줄이 매달린 나무들을 이정표 삼아 30분 쯤 산을 헤매야 한다. 정식 화장실도 없으며, 누울 곳이라곤 누군가 가져다 놓은 스티로폼 정도뿐인 임시 막사에서 그들은 '철저히 감춰진' 세월호 선체 작업을 지켜보고 있다. 순번을 정해 주 단위로 교대하며 24시간 밤낮없이 작은 변화 하나까지도 모두 기록한다. 수중에서 세월호에 무슨 일이 벌어지고 있는지 아는 사람은 아무도 없다.

인양 현장에는 기자는 물론, 국회의원과 특조위원, 피해당사자인 유가족에 이르기까지 일체 '접근 금지' 됐다. 그리고서도 인양은 다양한 핑계로 계속해서 미뤄지고만 있다. 그리하여 유족들은 2년이 넘은 지금까지 동거차도의 움막을 떠나지 못한다.

» 또 먼 길 다녀오셨어요.

"금요일에 휴가를 내서 목요일 밤에 출발해 일요일까지 있다 왔어요. 거리가 꽤 되잖아요. 안산과 팽목을 오가는 셔틀버스만도 다섯 시간 정도 걸리니까. 팽목항에서도 동거차도까지 또 배를 타고 들어가야 하고. 하지만 막상 가보면 그렇게까지 멀게 느껴지진 않아요."

» 일행은 누구였어요?

"10월에는 박소희 양 아버님[4]하고, 안산에서 진도까지 부모님들 태워주시는 임영호 택시기사님과 갔었고. 7월에는 아이들 판화 만들어주시는 정찬민 화백님, 또 임영호 기사님하고 다녀왔죠. 멤버는 갈 때마다 달라요."

» 시간을 내는 게 쉽지만은 않으실텐데, 여기저기서 밤샐 때 자

---

4   세월호의 마지막 생존자 단원고 박소희양의 아버지 박윤수씨. 오마이뉴스 2015년 12월 14일 기사 "살아남은 딸이 수능을 봤어요, 선생님 되겠다고……" http://www.ohmynews.com/NWS_Web/View/at_pg_w.aspx?CNTN_CD=A0002167977

주 뵙게 돼요.

"그러게요. (웃음) 김관홍 잠수사님 돌아가셨을 때도 상여 나가는 것까지 보느라 장례식장에서 잤고. 또 올해(인터뷰 당시인 2016년, 역자주) 동거차도하고 팽목에 다녀온 것도 그렇고. 결혼하고 나서 아내 없이 2박 3일이나 혼자 움직인 건 처음이에요. 일행이 놀리더라구요. 어떻게 그러고 사냐고. (웃음)"

» 동거차도에서 지내셨던 얘기를 구체적으로 들려주세요.

"팽목항에 들러서 먼저 은화 어머님[5]께 인사드렸어요. 그리고 2학년 9반 부모님들이 같이 가시자 해서 만나서 함께 배타고 들어갔죠. 미리 물이랑 찬거리랑 잔뜩 사 갔던 걸 지게에 지고는 움막까지 올라갔어요. 사흘 있는 동안, 밥하고 치우고 밥하고 정리하고 그랬죠. 제가 식사를 맡았어요. 달리 할 것도 없고, 그때만이라도 부모님들 좀 편히 먹게끔 해드리자 싶어서."

» 밥을 할 만한 여건이 되나요? 벼랑에 세운 천막 정도인 셈인데.

---

5 팽목항 임시숙소에는 9명의 미수습자를 기다리는 가족들이 지금도 머물고 있다. 그중에서도 단원고 2학년 1반 조은화, 2반 허다윤 학생의 부모님들은 아이들이 올라오길 기다리며 거의 상주하다시피 한다. 2016년 12월 28일 노컷뉴스 기사 "'모진 비바람' 애타는 팽목항…"날씨 위해 기도해주세요" 참조. http://www.nocutnews.co.kr/news/4708033

"조리기구라고 할 건 없지만, 전기밥솥하고 전자레인지가 있어요. 그 두 개로 다 해요. 밥솥으로 계란찜도 만들고 고기도 볶고. 레인지로는 즉석밥도 데우고 라면도 끓이구요. 물하고 부식 거리랑 지게 지고 가는 게 어렵지. 하아……(한숨) 애초에 움막을 만들 때 엄청 고생하셨을 거예요."

> » SNS로 보니까 세월호 침몰 현장 초입까지 배로 접근하셨더라구요.

"7월에 단원고 2학년 9반 아버님들하고…… 상하이 샐비지(인양 전담 중국 업체)가 막고 있어서 바로 근처까지는 못 가고, 인근에서 뱅뱅 돌면서 아버님들과 같이 국화꽃을 바다에 놓았어요. 사실 섬에 들어갈 때까지는 덜했는데, 아버님들이 꽃을 바치면서 엉엉 우시는 모습을 보니까…… 왈칵 실감이 나더라구요."

> » 세상에서 가장 슬픈 뱃길이기도 해서……

"남자들이 우는 걸 볼 일이 별로 없잖아요. 이게 정말 큰 일이구나 싶고. 배에서 국화 뿌리다가 이름 부르면서 통곡하시는데…… 하선해서 다시 산에 올라갈 때 9반 (오)경미 아버님이 과일을 챙겨가시더라구요. 애들한테 상 차려 준다고. 바다를 향해서 즉석밥도 올려놓고 콜라도 올려놓고 과자도 올려놓고 마지막으로 애들 사진 세워두고 거기다 아버지가 절을 하는데, 그 모습을 보는데, 아……

(탄식) 마음이 너무…… (말을 잇지 못한다)"

» ……(일동 침묵)

"섬에서 나올 때 너무 죄송했어요. 더 같이 있어드리질 못해서. 들어갈 때는 같이 간 건데, 아버님들만 두고 혼자 나오니까 멀어지는 모습이…… 괴로워서 눈을 못 떼겠더라구요."

» 가을에 동거차도 다시 가셨을 때도 생일상을 차리셨던데.

"10월 15일이 故 유예은양(2학년 3반), 김인호군(2학년 5반) 생일이어서…… 즉석 미역국 끓이고 계란 부치고 반찬 놓고…… 그냥 있는 걸로 했어요."

예은아.
우리 예은이가 아빠 딸로 와준 지가 6941일이 되었어.
그리고…… 예은이를 안아보지 못한 지 914일…… 세 번 째 너 없는 네 생일을 맞는구나.
아빠는 우리 예은이를 중환자실에 눕혀놓고 어떻게 좀 해달라고 사정하고 또 사정했었지.
그리고 몇 일 동안 병원 주변만 맴돌다가 겨우 용기를 내서 네가 누워있는 중환자실에 갔을 때…… 네가 먼저 아빠를 보고 엎드린 채 환하게 웃으며 "아빠, 이거 따뜻하지~~" 하며 볼에 대

2016년 10월 15일 최강현씨 페이스북에 올라온 동거차도의 故 유예은, 김인호 생일상

고 있던 무언가를 아빠 손에 쥐어주었지.

아빠는 너무 기가 막혀서, 땀을 뻘뻘 흘리며 네 등을 맛사지하던 의사에게 "우리 예은이 이제 산 거예요?" 묻곤 주저앉아 펑펑 울었지. 겨우 통곡을 멈추고 너랑 막 얘기를 하려던 참에⋯⋯ 아빠는 잠에서 깨버렸어.

어떻게든 다시 너와 얘기를 해보려고 해봤지만⋯⋯ 더 이상 잠을 잘 수가 없었어⋯⋯

예은아.

스무 살 생일 축하해.

— 2016년 10월 15일 유예은 양의 아버지 유경근씨의 페이스북에 올라온 글

제 그림은 아주 잠깐만 약효가 도는 진통제 같은 거예요

» 2년 넘게 활동하시면서 이제 유가족분들 말고도 친해진 분들이
많으시겠어요?

"목판화 만들어주시는 정찬민 선생님도 그렇고, 세월호에서 돌아
가신 기간제 교사 순직 처리 운동하시는 손채은 선생님도 그렇고,
진실마중대 분들, 택시기사 임영호씨……손가락이 모자라네요."

» 그중에 가장 친한 사람은?

"비슷비슷해요. 개인적으로 더 고맙고 와 닿는 사람이 있긴 하지만
그게 중요한 것 같진 않아요. 세월호 활동에 나와주시는 분들은 그
냥 존재만으로 따뜻하구나 싶어요."

» 성장 앨범, 가족 그림, 각각 이야기를 담은 캐리커쳐까지…… 이
게 원대한 계획인데(웃음), 언제까지 계속하실 요량이세요?

"5년이 됐든 얼마가 됐든 원하시는 한 해드리고 싶어요. 목표는 그
래요. 제게는 가족 같은 분들이니까. 진상이 밝혀지고, 그분들이
괜찮아, 라고 얘기할 때까지는 곁에 있을 거예요."

» 남의 일이 아니라고 생각하시는데, 그러다보면 유가족들이 당한

고통이 절절하게 느껴지면서 본인도 괴롭고 우울한 순간들이 오잖아요. 열렬히 활동 중인 아내분은 더하실 거고.

"그게 빨리빨리 오고 그런 건 아니에요. 어느 순간에 미칠 것 같은 느낌이 들기도 하는데. 저는 아주 천천히 오는 거 같긴 해요. 아내는 한 번에 몰아쳐서 더 힘들었고. 방법이 없어요. 길이 보이고 해결이 되어가는 게 아니니까. 저는 그 핑계로 술이라도 마시지만.(웃음)"

» 활동하시는 걸로 아내분한테 뭐라고 한 적은 없으세요? 아니면 반대로라도.

"이걸로 싸운 적은 없어요. 이거 가지고는. 제가 부모님들한테 연락해서 가족 사진 보내달라고, 그려드리겠다고 했더니 아내가 말린 적은 있죠. 유족분들도 사생활이 있는데, 이 사진 달라 저 사진 또 달라 그러는 건 큰 민폐라고. (일동 웃음)"

» 아무리 좋은 일을 한다해도 서로 얼굴 볼 짬이 없고 어긋나면 다투는 게 부부이기도 한데.

"저는 아내랑 싸우는 남편이 제일 우스워요. 화낼 상대가 그렇게 없나 싶고. 왜냐면 아내도 내가 사랑해서 결혼한 사람인데. 또 지금껏 같이 살면서 보면 굉장히 고마운 존재거든요. 화를 못 이겨 싸운다고는 생각하지만, 이 사람도 자기 부모님한테는 굉장한 소중한 딸이거든요. 그러니까 내가 막 대해도 되는 사람이 아닌 거죠. 퇴근해서 저는 가급적 집안일을 하려고 해요. 누군가는 해야 되니까. 아직까지는 아들을 시킬 수가 없으니까.(웃음) 각자 다 사랑받을 이유가 있는 사람들인데 혼자만 부담을 질 이유가 없는 거죠."

> » 스스로 평하시기에는 본인 그림에 어떤 의미가 있다고 생각하세요?

"박카스 정도."

> » 어떤 의미인지?

"실질적으로 도움이 된다기보다, 부모님들 진통제 정도? 잠깐 잠깐 통하는."

> » 그래서 그렇게 많이 그려드리는 건가요? (웃음)

"약효가 적으니까. (웃음) 그걸로라도 잠시 행복해질 수 있다면 그 이상 제가 바랄 나위는 없는 것 같아요."

우리는 최강현씨의 태블릿 PC에서 부모님들께 건넸던 몇 장의 가족 그림을 넘겨다 보았다. 그림 속에서 가족들은 웃고 있었고, 서로 기대거나 나란히 모여서 같은 방향을 바라보고 있었다. 때로는 키우는 강아지까지 함께 한 가족들의 모습은 생생하고 다정해서 사진보다 현실감이 더했다.

아이가 떠나버린 텅 빈 방. 치울 수도, 외면할 수도 없는 방에 그림이 걸린다. 아이의 초상화가 한 점. 아이의 일상을 담은 그림이 한 점. 가족이 다같이 모여 웃고 있는 그림이 한 점. 늘어난 그림은 벽을 메우고 침묵을 메우고 가끔은 슬픔도 메우면서 가족들에게 말을 건다. 때로 가족들이 먼저 말을 건네기도 한다. ○○야. 잘 있니. 엄마는 네가 보고 싶어. 아빠도 곧 너한테로 갈 거야. 그때까지 여기서 해야 할 일을 꼭 마칠게. 당신들은 운다. 울 수 없는 누군가를 대신해. 혹은 우리를 대속해 이 지독한 세계를 통곡한다.

진심과 애정을 속속들이 담아낸 한 점. 우리는 최강현씨의 그림을 예술이라고 생각했다. 아니, 그의 삶이 바로 그렇다. 아주 먼 섬에서, 당사자도, 당사자의 부모도 없는데 생일상을 차리고 절하는 그 모습이. 만약 그렇지 않다면 예술 따위는 없는 게 낫겠다고, 차라리 사라져 버리라고 거듭 생각했다. 존재를 내부로부터 타격하는 것. 다른 데서는 얻을 수 없는 특별한 만족감을 주는 것. 대체 불가능한 것. 그것이야말로 예술의 진정한 효용이므로.

사진 속의 생일상, 즉석 밥과 즉석 미역국, 콜라와 생수와 과자로 차려진 벼랑 끝의 생일상은 소박해서 아름다웠다. 그 상 너머로 바다가 보이고 맹골군도의 섬들이 조막만하게 흩어져 있었다. 다도해, 그 망망한 바다에 뿌려진 꽃잎 같은 섬들이 갑자기 솟아난 애기 무덤처럼 보였다. 바다는 한없이 잔잔했다. 마치 그날처럼.

아줌마,
나는 그냥
아줌마예요

'범생이'를 벗어던진 음악가, 기독교인 _ 김환희 (1978년생, 서울시 영등포구 대방동)

현관문을 찍은 것으로 보이는 이 사진은 김환희씨가 2016년 9월 19일에 SNS에 올린 것이다. 아래쪽 유리가 깨져 바깥이 내다보인다. 사진에 붙은 짧은 코멘트는 이렇다.

"어제는 전신거울 깨 먹으시고······
오늘은 현관문······ㅠㅠ
사랑한다! 아들아!!!!!!!!!!!!!!!!"

이 문장 그대로, 한창 클 나이의 자식을 키우는 일은 눈물(ㅠㅠ)과 다짐(!)의 연속일 것이다. 그녀의 마지막 문장 앞에는 역접 접속사 '그래도'가 생략되어 있는데, 그건 아마 굳이 쓸 필요가 없었기 때문으로 보인다. 그녀가 한 말은 사랑의 핵심을 꿰뚫고 있다. 네가 무슨 일을 하건, 널 사랑해. 행동의 좋고 나쁨으로가 아니라, 존재 자체를 사랑한다는 것. '애 키우는 데 소질이 없다'며 손사래를 치던 그녀가 실은 엄마 자격이 차고 넘친다는 뜻이겠다. 그게 누구든 있는 그대로 사람을 사랑하는 일이란 줄기차게 인내를 요구하는 아주 험난한 과정인 까닭에.

김환희의 삶에는 유난히 독립적인 구석이 많다. 그녀는 늘 혼자서 무언가를 해왔다. 어릴 적에는 엄마의 치마꼬리를 붙들고 교회에 나갔지만, 목사가 헌금을 횡령한 사건을 접하면서 고집을 피워 교회를 바꿨고 나중에 엄마까지 따라왔다. 새 교회에서도 목사가 성폭행을 일삼자 그녀는 목사를 추방하고 교회와 교단까지 포괄하는 자정

운동을 벌였다. 사람을 모아 복음서 공부 모임을 짰고, 누가 시킨 것도 아닌데 교회 내에 관현악단을 조직해 매주 협연한다.

그녀는 또한 23년째 플루트를 불고 있는 전문 음악인이기도 하다. 부유함과는 거리가 먼 사진관집 딸로 태어나 고2 때 뒤늦게 접한 그 '피리'(플루트의 어원은 피리라는 뜻이다)로 김환희는 공부와 아르바이트, 레슨과 연주회와 살림을 꾸렸다. 스무 살 이후 그녀는 부모님의 지원을 받은 바 없다. 우아하고도 속물적인 클래식계에서 그녀가 의지한 것은 오직 플루트 한 자루뿐이었다.

2014년 4월 16일. 그녀는 경악했다. 김환희는 그 날로 자신이 '미쳤'다고 설명한다. '미친 아줌마'는 거리로 나왔다. 지역에서 추모행사를 돕고 특별법 제정을 위해 서명을 받았다. 기자회견과 항의집회에 끼어들고 공정선거 감시활동에도 힘을 보탰다. 그 역시 스스로 나선 일이다.

기독교와 플루트와 세월호. 도무지 잘 어울릴 것 같지 않은 이 세 가지가 그녀의 삶에서 어떻게 결합하는지 우리는 알고 싶었다. 다른 말로 하자면, '개독교'와 '꼰대 음악'과 '시체 장사[6]'가 말이다.

특기는 맨땅에 헤딩
- -

» 목소리가 플루트와 비슷한 구석이 있네요. 약간 높고 새된다고

---

6 2016년 3월 7일 민중의소리 기사. 새누리당 의원 김순례, 김태흠, 조원진 등이 총선 전후로 세월호 유가족에게 '노숙자', '시체장사', '거지근성' 류의 막말을 퍼부었다. http://www.vop.co.kr/A00001007094.html

해야 하나.

"제 목소리가 특이한 편이에요. 다들 일용 엄니 목소리 같다고.(웃음) 친구들이 목소리만 들어도 다 알아봐요. 저건 김환희가 확실하다고.(웃음)"

    » 세월호 일에는 어떻게 나서게 된 거예요?

"지방의 아는 언니가 서울에 놀러와서 같이 식사를 했는데, 뉴스에서 사고가 났다고 하더라구요. 밥을 다 먹고 나니까 아이들을 다 구했다고 하길래 '다행이다' 하고 집으로 갔어요. 그런 줄 알았죠. 그날 밤부터 설마, 설마 했어요. 배가 완전히 가라앉을 때까지도 설마, 설마 했는데. 그 뒤로도 한 명도 못 나오는 걸 보면서 제가 미치기 시작한 거예요. 교회 친구들하고 이걸 어쩔까 의논했는데, 누군가 선대인씨가 시민 모임을 만든다더라 해서 뭐라도 해야 하니까 우선 거기에 나가게 됐어요."

    » 첫 모임은 어땠나요?

"그저 그랬어요. 사람들이 하나같이 충격을 받아서…… 다들 힘들다 괴롭다 하고 있고. 저는 그게 중요한 게 아니라 뭔가 구체적인 일을 해야 되는데 싶어 혼자 마음이 급했죠. 두 번 째 모였을 때 사업가 한 분이 서명을 받자 해서 본격적으로 시작한 거죠."

» 그런 모임에 나가본 경험이 전에도 있었는지?

"아뇨. 저는 지금까지 사회활동이나 시민운동 같은 것도 해 본 적이 없고 그저 집이랑 교회랑 학교만 다니던 사람이었어요."

» 그럼 초심자였던 셈인데, 2014년 여름에 서명을 정말 많이 받아 줬어요.

"제가 영등포구에 사니까 주변 금천구, 구로구에서…… 사람들이 지하철 역에는 많이 왔다갔다 하니까 신도림 뚫고 신림에서도 하고. 다니던 교회에서도 하고 그랬어요. 그때는 워낙에 제가 홱 돌아가지고.(웃음)"

» 교회, 라고 하면 유가족들을 비난하던 목사나 광화문에서 행패부리던 일부 기독 단체가 먼저 떠오르는데, 신도분들이 서명을 잘 해주셨나요?

"제가 다니는 교회가 전병욱 목사 성추행으로 유명했던 삼일교회[7]인데, 이게 작은 지역 교회가 아니에요. 수도권 전역에 신자가 있어요. 대학생들도 많고 청년들도 많고 그래서 서명을 아주 많이 받았어요. 초반 몇 주 동안은 교회에서 약간 떨어진 곳에서 받았는데

---

7   2010년 11월 2일 뉴스한국 기사 "性추행 스캔들 삼일교회 전병욱 목사, 등떠밀린 사퇴행위 논란"
    http://www.newshankuk.com/news/content.asp?news_idx=20101102083700n9623

아무래도 성에 안 차더라구요. 본당에다 자리를 펴야겠다 싶어서 담임목사님한테 메일을 썼어요. '여러 말 않겠습니다. 교회 앞에 천막 치고 할 수 있게 해주세요.' 그 뒤론 쭉쭉 받았어요."

> 목사님께 메일을, 그것도 단도직입적으로……(웃음) 혹시 반발은 없었어요?

"메일을 길게 안 썼어요. 처음에 구구절절하게 썼다가 지웠죠. 이 건 당연히 해야 하는 일이니까. 바로 승낙받고는 본격적으로 시작했어요. '환희야, 여기서 이렇게까지 해야겠니?' 하시는 어른들이 계셨는데, '네. 꼭 해야 돼요. 전병욱 건도 그렇고 대놓고 이야기 안 하면 똑같은 일이 또 반복돼요' 그랬어요."

> 그게 얼굴에 '철판'을 깔아야 하는 일이기도 한데. 원래 성격이 똑부러진 편인가요?

"저는 단순해서 계산하고 재고 그러는 건 못해요. 하지만 내가 해 야 한다고 생각하면 그때는 해요. 제 특기가 맨땅에 헤딩,이에요."

> 교인은 어떤지 모르지만 지하철역에서 모르는 사람들한테 말 걸 고 서명받는 게 만만치 않은 일인데.

"누구나 쉽지 않아요. 저는 에너지가 달랑달랑한 사람인걸요. 레슨하고 애 보고 나면 무조건 쉬면서 충전해야 돼요. 사람이 정신적으로 힘들면 몸살이 난다는 걸 그때 알았는데 세월호 때 잠도 못 자고 계속 앓아눕고 속에서 열불이 나고 그랬어요. 제가 인간관계가 좁아서 세상을 잘 몰랐나 봐요. 대학에 입학해 담배 피우는 학생들을 보고선, 와, 말로만 듣던 불량 학생이 실제로 있구나 했어요. 고등학교 때는 오락실만 가도 지옥가는 줄 알았다니까요. (웃음) 사회나 뉴스에도 관심없고 플루트만 열심히 불면 됐으니까…… 교회에서 모든 생활이 다 가능했고."

어느 날 우연히, 그런 건 없어요

   » 일종의 '거룩이'였는데, 남편하고는 어떻게 만났어요?

"남편도 교회 친구. 되게 착한 사람이었어요. 돌려서 말하지 않고 사귀자고 직접 얘기한 유일한 사람. 그냥 콘서트에 데려가거나 딱 너 정도면 좋다고 하는 선배, 친구들은 있었는데 그게 무슨 뜻인지 몰랐거든요. 남편이 얘기하더라구요. '야, 바보야, 그게 다 그 소리라고' 제가 눈치가 없는데, 남편이 용기가 있었던 거죠. 착하고 잘 해줘서 3~4년 연애하다 결혼했어요. 결혼할래? 물었더니 그러자구 해서."

   » 남편이 해외유학을 가셨다 들었는데, 그래서 10년 가까이 외국생활도 했다고.

"서울에서 대학을 나온 후 직장 다니다가 박사학위 따려고 홍콩으로 유학을 갔어요. 같이 떠났는데 생각보다 유학 기간이 길어져서…… 홍콩이 물가가 비싸잖아요. 거주비용이 너무 많이 드니까 아이들하고 저만 한국으로 들어왔어요."

» 남편 학비하고 생활비는? 시부모님께서 지원해 주셨나요?

"장학금 받고 간 거라 학교에서 학비랑 생활비가 나와요. 그런데 그게 네 식구 먹고살 돈은 안 되고 딱 혼자 살 수 있을 정도만 줘요. 우리가 원조를 부탁할 사람도 아니지만, 그렇다 해도 양가 부모님 모두 그런 여유는 없으세요."

» 그럼 세 식구 생활도 혼자 알아서 꾸리는 걸 텐데, 플루트 부는 여성 가장인 셈이군요.

"여기서도 레슨하고, 홍콩에서도 (레슨)했고…… 결혼 전까지는 연주도 다니고 그랬어요. 저는 예술고등학교 출신이 아니고 그냥 일반고 다니다가 고2 때 플루트를 하기 시작한 건데. 예체능 쪽은 제대로 하려면 학비 말고도 돈이 엄청 들어요. 그래서 대학교 때부터 죽어라 교습 알바 다니면서 비용을 충당했어요. 다른 애들은 갑부 출신이거나 아빠가 의사고 사업가고 이랬는데 저는 아주 평범한 집안이어서. 그냥 열심히 불었어요. 저 진짜 열심히 불었거든요.(웃음)"

» 고2 때면 그 분야에선 아주 늦게 시작한 셈인데, 어쩌다 플루트를 하게 됐어요?

"제가 공부를 안 하니까, 엄마가 너는 기술을 배우라고."

» (일동 웃음)플루트가 기술이에요?

"왜냐면 음악에는 소질이 있는 것 같으니까. 처음에는 작곡을 공부했는데, 작곡은 머리가 좋아야 되는데 너는 머리가 딸린다고. (웃음) 그래서 포기하고 플루트를 한 거죠. 그게 괜찮아 보이더라구요. 다행히 좋은 선생님을 만나서 대학에 합격했어요. 플루트는 음대에서 1년에 한 명 뽑을까 말까 하거든요. 운이 좋았죠."

» 남편은 공부하고, 아내는 음악하는 이상적인 가정인데(웃음)……
아이들이 어떻게 자랐으면 좋겠어요?

"어느 날 우연히. 저는 그런 게 없다고 생각해요. 사소한 일들이 쌓이고 쌓이고 쌓였다가 크게 터지는 거죠. 세월호도 총체적인 비리로 일어난 일이잖아요. 썩을 대로 썩고, 빼먹을 때로 빼먹다가 돌이킬 수 없는 지경까지 온 거죠. 헌금 횡령, 목사 성추행도 한 교회만의 일이 아니고…… 저는 홍콩에서 10년간 있다 왔는데 한국이 이지경까지 망가져 있는 줄 몰랐어요. 옆 동네 사는 평범한 아이들이 속수무책으로 죽임을 당했는데, 지금까지 정확한 원인도 모르고, 책임지는 사람도 없고…… 완전 개판인데. 아, 질문이 뭐였죠?

» (일동 웃음)아이들을 어떻게 키우고 싶냐고.

"고민이 많아요. 한국같이 정답이 딱 하나뿐인 사회에서 박터지게 경쟁해서 점수를 많이 받아야 하는 그런 게 아니라, 자유롭게 생각하고 상상했으면 좋겠다고 부부끼리 그런 이야기는 하죠. 그런데, 눈앞에서 아이들이 죽어가도 아무것도 안 하는 나라에서 그런 게 무슨 소용이 있겠어요. 그때 저는 결심했어요. 한국에서 살려면 미친 듯이 피터지게 싸워야겠구나. 기독교인이 이런 걸 모른 척하면 안된다고 말씀에도 써 있으니까[8]."

이 땅에서 도망치고 싶어요

» 그냥 있다간 미칠 것 같아서 시작한 일인데, 어느새 3년이 다 돼가요. 그동안 감정의 변화가 있었나요?

"그때나 지금이나 분노는 마찬가지예요. 요새도 열 받아서 자다가

---

8   마태복음 20장 28절. "사람의 아들도 섬김을 받으러 온 것이 아니라 섬기러 왔고, 또 많은 이들의 몸값으로 자기 목숨을 바치러 왔다."

깨요. 지난번에 김관홍 잠수사님이 돌아가셨을 때[9]는 정말 돌아버리는 줄 알았어요. 이 미친 나라. XXX를 때려죽이고 싶고 정말 완전히 열 받았어요. 지금도 손이 벌벌 떨려요. 좀 창피한 이야기지만 도망치고 싶어요."

» 어디서?

"이 나라에서…… 유럽으로 가자니 테러가 있고, 미국은 맨날 총기사고 나고, 일본은 방사능이 무섭고…… 한국에서는 어떻게 해야하지? 고민이 많아요. 그 와중에 종종 드는 생각은 어쨌든 도망치고 싶다는 거예요. 외국에 살면 그 나라 말도 모르고, 그 나라 사회에 대해서 군이 신경 쓸 필요가 없어요. 좁디좁은 한인사회에서 구설수만 견디면서 살면 돼요. 그런데 한국에서 살면 온몸으로 겪어야 하잖아요. 사회가 무너지고, 아이들이 죽어 나가고. 대출 때문에 하루에도 몇십 명씩 목을 매는데…… 내가 왜 그걸 걱정해야 하나. 내가 해결할 수도 없는 일인데."

» 그렇지만 지금껏 싸우고 있잖아요.

9　"저희는 돈을 벌러 간 게 아닙니다. 자발적으로 도우러 간 것이지. 양심적으로 간 게 죕니다. 두 번 다시 이런 일이 타인한테 벌어지지 않길 바랍니다. 어떤 재난에도 국민을 부르지 마십시오."2015년 국정감사장에서 故 김관홍 잠수사 발언. 2016년 10월 7일 한겨레 기사 '거길 왜 갔냐고요? 세 아이의 아빠라서요' http://www.hani.co.kr/arti/society/society_general/764693.html

"해야 되는 거잖아요. 아직 나는 그 일을 잊지 않았고 지금도 나는 유가족들을 응원하고 있다. 혼자 할 수는 없는 일이니까 뭐든 한 가지라도 도와서…… 아무것도 안 하면서 말로만 떠들고 나의 생각은 이렇다고 변명하고…… 이런 것보다는 내가 시간이 있을 때 가서 유가족들과 함께 소리치고, 그 자리에 있을 수 없으면 SNS에라도 떠들어서 대신 갈 수 있는 사람을 모으고…… 나는 그냥 할 수 있는 일을 하는 거예요. 단순하게, 재지 않고."

» 그래도 도망은 가고 싶다?

"네. 속이 터지니까. 화가 나고. 열 뻗치고…… 말은 그렇게 하지만 끝까지 붙어 있어야죠. 해결될 때까지."

경지는 무슨, 열 받아서 했어요

» 2014년 7월 15일이었나, 그때까지 받은 세월호 특별법 제정 1차 국민 서명이 350만 명이 넘었어요. 그 서명지를 국회에 전달한 후에는 다른 활동으로 옮겨 갔는데.

"주로 피케팅 하러 다녔어요. 제가 레슨을 주로 오후에 하니까, 대개 오전에. 금천구에서 '나쁜 나라' 상영회할 때는 포스터 대신 붙여주고. 함께 서명받던 친구랑 아침부터 마티즈 끌고 사람 많이 다니는 곳 돌아다니면서 붙이는 거예요. 중요한 기자 회견 있으면 그것도 가고. 추모 행진도 하고. 청와대 앞에서 유가족들 농성하시면 참여하고……"

» 포스터 붙이는 일도 눈치를 잘 봐야 하는데, 할 만 했는지?.

"무조건 사람 많은 곳에 붙였죠. '야, 저기 붙여', '어, 저기 붙여도 돼요?', '그런 게 어딨어. 붙여'(웃음) 다닐 때는 몰랐는데, 길거리에 광고도 많고 붙은 게 많더라고요. 다른 광고가 있으면 그 옆에다가 붙이고. 성당 사람들이 그래도 좀 관심이 많은 거 같아서 금천구 성당 다 돌고. 정류장에도 붙이고…… 사람들이 그걸 보고 왔다는데 신기했어요. 생각보다 효과가 커요. 저는 프리랜서니까 시간이 되잖아요. 온종일 비는 날도 있고. 그런 날은 몰아서 하는 거죠."

» 그렇게 꾸준히 해왔는데, 대개 혼자 하다보니 활동하는 다른 시민들하고 친분이 생겼다거나 유가족들과 가까워졌다거나 그런 건 없잖아요. 혼자 하면 오래 못하는 게 일반적인데.

"네. 사람들하고 친해지고 그런 건 없어요. 왜냐면 같이 활동하다가 관계가 틀어지기도 하고 서로 다투기도 하는데. 저는 그렇게는 못 살아요. 그럴만한 에너지가 없어요. 애도 키워야 하고 가르치는 학생들도 많고…… 그래서 그런 관계까지는 챙길 여력이 없어요. 깔끔하게 포기. 혼자라도 열심히 하면 된다고 생각해요."

» 그렇게 마음을 먹는 것도, 그 마음을 계속 지켜가는 것도 굉장한 일인데요.

"뭐가 굉장해요. 나는 그냥 아줌마예요. 아줌마."

» 목표가 중요하긴 하지만, 목표에 이르는 과정이 힘들어지면 포기하는 게 예사로운 일이잖아요. 그런데 중심이 이거니까 다른 건 전부 포기하겠다는 게…… 이렇게 열심히 일하는데 유가족이나 다른 사람들이 나를 알아주지 않아도 괜찮다고 생각하는 게 쉬운 일이 아니니까요.

"성경에 나와 있어요. (웃음) '너희가 만일 되돌려받을 수 있겠다고 생각하는 사람에게 꾸어준다면 칭찬받을 게 무엇이냐'. 내가 준 만큼 돌아와야 한다고 생각하는 건 진짜 사랑의 마음이 아니라고. 내가 누군가를 도와준다기보다는, 그게 옳으니까 하는 거고 했으면 끝인 거예요."

» 기독교 전서에 적힌 말이라고 해서 그게 곧바로 체득되는 건 아니잖아요. 그렇다면 왜 교회가, 기독교인들이, 세상이 이렇게 됐겠습니까? (웃음)

"저는 아무 개념이 없었어요. 몰랐어요. 다른 교회에서 비리, 성추행 사건이 터져도 제 생각은 그랬어요. 진짜 그런 일이 있나? 그런가? 그러다가 우리 교회에서 목사가 성폭행을 저지르고, 그래서 내부를 들여다보니까 지금의 교회는 자체가 이단(異端)인 거예요. 교회는 그저 목사가 돈 벌어가는 사업장인 거예요. 목사들이 설교하면서 내 말대로 이렇게 이렇게 하면 신도들 잘 되고 교회가 부흥한다는데, 그 부흥이라는 단어도 말씀에는 없는 말이거든요. 신도들이 진정으로 잘 된다는 게 어떤 건지 교회는 몰라요. 개독교라는 걸 그때서야 알았어요."

» 그런 각성이 교회에서는 목사 성폭행 사건이었고, 사회적으로는 세월호 참사였던 거잖아요. 전혀 모르던 세계에 갑자기 들어온 셈인데, 그때껏 해온 생각과 부딪히는 현실이 전혀 다를 때는 일종의 망설임 혹은 퇴행 같은 게 생기기도 하잖습니까?

"얘기했잖아요. 저는 단순하다고. 그게 옳고, 그렇게 해야 한다 믿으면 그냥 하는 거예요. 미친 아줌마 같은 면이 저한테 있어요. 그 일 터지고 목사들한테도 '너 그거 아니야'라고 대놓고 얘기하고……"

» 혼자서 서명받거나 피케팅하면 시비도 붙고 욕도 듣고 했을텐데, 그때도 개의치 않았나요?

"신경 안 썼어요. '너는 그래라. 나는 떠들 거다' 했는데 노인들이 대놓고 '미쳤다, 미친년이다' 면전에 대놓고 욕할 때는 속이 좀 상하더

잊지 않을게, 절대로 잊지 않을게

라구요. 저 사람들은 자기 손자나 딸이 죽어도 저럴 수 있을까? 대차게 욕 먹었던 게 약이 됐는지 그 뒤로부터는 좀 무뎌졌어요."

> '멘탈 갑'인데요. 눈앞에서 욕하면 상처도 받고 낙심하는 게 사람인 건데. 그냥 꾹 참고 못 들은 척 하면서 계속 했던 거잖아요. 그게 누구나 도달할 수 있는 경지가 아닐 텐데.

"경지는 무슨. (웃음) 열 받아서 했어요."

그대로 살다 죽어버려라

> 가족들은 뭐라고 하나요?

"남편은 전폭적으로 지지해줘요. 부모님들은 걱정하시고. 엄마는 해야 되니까 하는 건 알겠는데, 가끔은 그런 말도 하시죠. 니 애를 챙기라고. 그런다고 세상이 변하지 않는다고."

> 그런 말씀을 듣고 나면 어떠세요?

"제가 어렸을 때 엄마는 교회에서 살다시피 했어요. 그래서 이렇게 말해요. '엄마도 나 어렸을 때 안 챙겼잖아!' (일동 웃음) 진짜 속상한 건 세월호에 대해서 노인들이 하는 말이에요. 이게 뭐가 그렇게 대수냐고. 채 피어보지도 못한 아이들이 어이없이 몇백 명이나 죽었는데도. 전쟁도 겪고 수많은 희생을 딛고 오신 분들이라서 그런지 생명이나 사람을 중요하게 여기지 않아요. 나하고 내 새끼 말고는 정말 비정해요. 그래서 더 열심히 하려고 하죠. 가만히 있으면, 아무 것도 안 하면 이대로 쭉 갈 테니까. 작게라도, 한 명이라도 변하게끔 만들려고."

» 어느새 욕도 배웠다면서요. (웃음).

"일부러 하는 게 아니라 저절로…… 백남기씨가 물대포 맞으셨을 때[10], 그 주 예배에서 찬양하고 아멘 하고 하는데…… 제가 펑펑 울면서 소리 질렀어요. 지X하네. 사람이 죽어가고 나라가 이 꼴아지인데 뭐가 그리 즐겁고 행복하냐고. 세월호 참사 이후 저도 모르게 그렇게 됐어요."

» 2016년 총선에서 야당이 승리하면서 여소야대로 바뀌었는데, 최순실 국정농단이 밝혀지면서 12월에는 국회 탄핵소추도 이루어졌구요. 그렇지만 세월호로 한정하면 인양도 여전히 오리무중이고, 의혹 규명도 특별히 진전된 건 없는데, 이 여소야대 국면이

---

10 2015년 11월 14일 민중총궐기에 참여했던 백남기 농민은 경찰의 직사 물대포에 맞고 쓰러져 316일간 의식불명 상태였다가 2016년 9월 25일 돌아가셨다. http://hani.co.kr/arti/society/society_general/770099.html 참조.

정말 우리에게 유의미한 결과를 가져올 수 있을까요?

"그걸 왜 저한테 물어봐요. (웃음) 저도 그걸 물어보고 싶어요. 이런 건 있어요. 사람들의 마음이 조금 달라졌다고 해야 하나? 교회에서도 보면 선거 후에 리본을 달고 다니거나 가져가는 사람들이 더 많아졌어요. 길에서도 리본이 전보다 더 많이 눈에 띄어요. 방송에도 리본을 당당히 달고 나오는 사람이 늘어났어요. 조심스러워서 그러지 못했던 사람들이 조금씩 자신을 드러내는 거예요. 그만큼 바뀌고 있는 거."

» 활동하시면서 가장 뿌듯했던 일은 뭔가요.

"두 가지에요. 하나는 공명선거 네트워크(https://www.facebook.com/hopepolitics)를 만든 거. 투개표 하는 과정을 시민이 직접 감시하는 건데, 우리가 650만 서명을 하고 유가족들이 할 수 있는 일을 다 해도 국회에서 이기지 못하면 말짱 꽝이라는 걸 알았어요. 그래서 적극적인 개표감시단을 만든 거죠. 2014년 6.4 지방선거 때부터 개표 참관인을 했는데 그게 예상보다 결과가 좋은 거예요. 여태까지는 개표할 때만 참관인들이 잠깐 지켜봤던 건데, 우리는 전면적으로 전 과정에 개입하니까요. 그간 투개표 부정 의혹도 있었고."

» 개표 감시? 그건 어떻게 했던 건지?

"공무원들이 개표를 잘하고 있나, 또 개표한대로 입력을 하고 있나. 입력하는 게 제일 중요하거든요. 거기서 장난치면 다 바뀌니까. 최종적으로는 부장판사가 입력하는데, 그 자리까지는 참관인이 들어가지 못하는 게 관행이었대요. 거기는 신성한 곳이라나? 진짜 웃기죠. 우리가 시민이고, 우리가 한 투푠데, 우리가 왜 못봐? 판사가 뭔데? 우리집 삼촌도 판사 출신이야."

» (일동 웃음)

"그래서 새벽에 막 싸워가지고 끝내 거기 들어가서 일일이 확인했죠. 사전투표함도 밤새도록 지켜서 바꿔치기 못하게 만들고. 투표함이 들어간 장소의 문을 아예 봉인하는 선례도 남겼어요. 그 결과 2016년 국회의원 총선거에서도 장난을 못 쳤다고 생각해요. 그 과정에 많은 시민이 참여했고, 우리가 플랫폼을 만들어서 자발적으로 했던 게 의미가 있지 않았나."

» 또 하나는?

"우리 교회 주관으로 기독교 전담 성폭행 상담소 만든 거. 가톨릭도 있고 불교도 있는데 개신교만 없거든요. 그래서 우리가 그걸 만들어야 한다고 압박해서 당회에서 통과가 됐어요. 교회가 성폭행 사건을 겪은 후, 우리 스스로 해야 하는 최소한의 작업이라고 봐요."

» 교단에서도 안 하는 걸 일개 교회에서 한다니…… 어떻게 보면 교회도 피해당사자인데. 대단한 일이네요. 작지 않은 전진이고…… 사적인 야망 같은 건 없나요? 이건 꼭 이루고 싶다거나.

"야망은 무슨…… 좋아하는 양대창을 배터지게 먹을 수 있었으면 좋겠어요."(일동 웃음)

» 제가 먹어본 적이 없어서 그러는데, 양대창이 엄청 비싼가 봐요.

"고깃집에서 먹으면 1인분에 3, 4만원 씩 하니까.. 1인분 먹어서는 양도 안 차고. 저는 큰 꿈이 없어요. 잘 먹고 잘 자고 잘 쉬고…… 제가 애 키우는 데 소질이 없어서 애들이 빨리 컸으면 좋겠고, 다른 소원은 없어요."

» 애들은 악기 시킬 생각은 없고요?

"우리 딸이 2학년인데, 수학을 40점 받아 와서…… 플루트를 해라. 엄마가 가르쳐줄게."

» (일동 웃음)

"제가 머리가 나쁘거든요. 애가 수학을 40점 받은 게 그래서 열 받아요. 아빠 닮았으면 머리 좋았을 텐데, 엄마 닮아서 머리 나쁘다고 할까 봐.(웃음) 우리 딸이 나를 안 닮기를 그렇게 기도했는데. (웃음)"

> » 마음은 있는데 막상 나서자니 용기가 안 나는 사람들에게 해주고 싶은 말이 있다면.

"제가 뭐라고…… 그냥 그게 되든 안 되든 부딪혀 봐야지 요만큼이라도 변하는 것 같아요. 싸워서 이기는 경험이 중요하다고 봐요. 한 번 이겨본 사람은 그 기억을 가지고 다른 일도 더 잘 할 수 있게 되니까. 그래서 이길 때까지 같이 하자고 말하고 싶어요. 우리가 봤다시피 기득권은 금방 바뀌지 않아요. 그들은 지옥 가게 내버려 두자구요. 너희들은 절대 회개하지 말고 그대로 죽어서 지옥 가라. 끝까지 변하지 말았으면 좋겠어요. 이대로 살다가 죽어버리라고."

> » (웃음) 무서운 이야기 같은데요.

"네. 되게 중요해요. 절대 회개하면 안 돼요. 변하면 안 돼요. 그냥 그대로 살다가 죽어버려라. 대신 우리는 조금이라도 변하려고 노력해야 해요. 한 순간, 한 가지라도."

> » 끝으로 유가족분들께 드리고 싶은 이야기가 있다면.

"그런 건 없어요. 왜냐면, 그동안 너무 애쓰셨으니까. 피해자이신데, 피해자가 안 해도 되는 걸 앞장 서 하고 계시잖아요. 그게 얼마나 힘든 일인지 어렴풋이나마 짐작하기 때문에. 제정신으로 할 수 없는 일을 몇 년째 버티고 계시는 거잖아요. 제가 이래라저래라 할 수 없어요, 저는 오직 고맙고 또 고마운 마음뿐이에요."

교회밖에 모르고 플루트밖에 모르던 '거룩이', '범생이'는 세월호 이후 '미친 아줌마'가 됐다. 서명받다 욕하는 사람들을 만나도 눈을 피하지 않고 맞서며 "침묵하면 또 죽어요" 당차게 대꾸하는 '싸움닭'으로 변했다. 그 '미친 아줌마'는 옆 동네에서 일어난 이웃의 죽음을 그저 남의 일로만 여기지 않는 독실한 기독교인이며, 오직 악기를 연습하고 연습하고 또 연습해 한 길을 20년 넘게 걸어온 성실한 음악인이고, 아이 키우는 데 소질이 없다면서도 아이들의 잦은 실수에 전혀 개의치 않는 마음 따뜻한 엄마이기도 하다.

2016년 5월 24일 김환희씨 페이스북

들머리에서 옮긴 김환희 씨의 SNS 글을 재인용한다.

"어제는 전신거울 깨 먹으시고…… 오늘은 현관문……ㅠㅠ

사랑한다! 아들아!!!!!!!!!!!!!!!!!"

그녀가 쓴 '사랑한다! 아들아'의 앞뒤로는 눈물을 상징하는 이모티콘과(ㅠㅠ)과 다짐을 의미하는 수많은 느낌표(!)들이 에워싸고 있다. 사랑은 이렇게 무수한 정념들로 구성된다. 연인 간의 연애도, 부모자식 사이의 자애도 불연속적인 감정들과 미분 불가능한 이성들로 연쇄된 미묘한 혼합물이다. 균질하고 단일한 사랑 같은 건 없다. 신에 대한 사랑, 신앙도 마찬가지다. 모든 사랑에는 복잡불순한 구석이 있다.

그 불순함으로 그녀는 교회에만 있지 않고, 집에만 머물지 않고, 아이들하고만 지내지 않고 직접 거리로 나섰다. '착한 여자는 천국에 가지만, 나쁜 여자는 어디든 갈 수 있다'는 말 그대로, '미친 아줌마'는 그날 이후 전에는 생각도 못했던 장소에서, 전에는 생각도 못했던 일들을 벌이며 길에서 3년을 보냈다. '양대창' 한 번 배부르게 먹어보지 못한 채.

종교(宗敎)란 한자 그대로 큰 가르침을 뜻한다. 교단이나 계파, 특정 개인에 한정되지 않는 드넓고 도도한 진리가 곧 종교다. 인터뷰를 마친 후, 우리는 그녀가 전형적이지는 않으나 확고한 기독교인임에 틀림없다고 생각했다. "우는 자들과 함께 울라."(로마서 12장 15절)

안 끝났으니까

팽목항 자원봉사자, 수도권 지하철역 서명지기 _ 국슬기 (1985년생, 경기도 김포시 감정동)

서울 고속터미널역에서 세월호 특별법 제정 촉구 서명을 받는 국슬기씨 ⓒ 김혜령

"진도체육관의 자원봉사자들 간에는 금기가 있었어요. '삼선 슬리퍼를 신은 사람을 쳐다보지 마라' 이유가 이거예요. '삼선 슬리퍼를 신은 사람은 유가족이다' 그분들은 24시간 대기하시다가 유체가 올라왔다고 호출이 오면 그 즉시 달려가서 신원을 확인하세요. 어떤 아이가 올라왔건 비슷하기만 하면, 하루에도 몇 번씩…… 매번 신발을 신고 벗기가 불편하니까 아예 슬리퍼로만 생활하시는 거예요. 이 아가 살아 돌아오기를 바라는 게 아니라 그저 찾게만 해달라고 기도하는 상황, 그게 얼마나 피말리는 하루하루겠어요. 그러니 신경쓰이지 않도록 삼선 슬리퍼 신은 유가족들하고는 눈을 마주치지 말라고."

국길동. 광화문TV[11]의 동료들은 국슬기씨를 그렇게 부른다. 홍길동처럼 일손이 필요한 때면 언제든 어디든 나타나 묵묵히 몫을 해내고 암암리에 사라지기 때문에 붙은 별명이다.

세월호참사가 터진 후 그녀는 어디든 갔다. 집이 김포라 교통이 좋은 편도 아니었는데 몇 시간씩 버스와 지하철을 갈아타고 서울과 경기를 누비며 서명을 받았다. 누가 시킨 것도 아니었고 함께 할 친구가 있었던 것도 아니었다. 아무리 먼 곳이라도 사람이 필요하다고 하면 그녀는 지체없이 움직였다. 신림동에서, 청량리에서, 사당역에서, 고속터미널에서, 건대입구역에서 그녀는 머리를 노란 고무줄로 질끈 묶고는 이리저리 뛰어다니며 행인들 앞에 서명지를 내밀었다.

팽목항과 진도체육관은 국슬기씨가 그렇게 떠난 가장 먼 곳이

---

11 '세월호의 진실만을 전하고자' 정치권과 언론의 왜곡보도에 맞서 시민들이 자발적으로 세운 대안 언론 조직으로, 팟캐스트를 운영중이며, 유튜브, 아프리카에도 채널이 있다. https://www.facebook.com/sewolhoTV/

었다. 모두가 보았던 바다, 그러나 한 명도 구하지 못했던 현장, 이 땅에 생지옥이 펼쳐져 있던 그 자리에서 그녀는 아무 일이나 했고 무슨 일이든 마다하지 않았다.

50,145명. 참사 후 7개월간 진도에서 자원봉사에 참여한 사람들의 숫자[12]다. 국슬기씨는 그들 가운데 한 명이었다. 특별할 것도 유별날 것도 없는. 그러나 자원봉사센터에서는 결원이 생길 때마다 그녀를 호출했다. 믿음직한 사람, 아주 든든한 사람이었다는 뜻이겠다. 이에 그녀는 불평하기는커녕 체류기간을 늘려달라 졸랐다. 왕복 10시간이 넘게 걸리는 길이니 한번 왔을 때 최대한 오래 있다 가겠다는 거였다.

국슬기씨를 2016년 3월, 서울 광화문의 한 카페에서 만났다. 그녀는 한쪽 손에 작은 1회용 점안액(인공눈물) 용기를 들고 있었다.

마치 전쟁터같던 현장

» 진도에는 어떻게 가게 된 거예요?

---

12 2014년 11월 19일 연합뉴스 기사 http://www.yonhapnews.co.kr/bulletin/2014/11/19/0200000000 AKR20141119106800054.HTML?input=1195m 참고로 이날 이후 집계를 멈춘 것은 정부가 대책본부를 해체하면서 더 이상 통계를 내지 않았기 때문이다. 지금도 이 숫자는 꾸준히 늘어나고 있다.

"처음 서명받으러 나온 날에, 같이 일하던 언니 한 분이 팽목으로 봉사를 다닌다고 하더라구요. 당시에는 아이들 유체가 한참 올라오고 있을 때였거든요. 그래서 진도 현장에 사람이 많이 필요하다며 그쪽도 한 번 가보라고 해서."

» 그게 2014년 5월이죠? 참사 나고 한 달 쯤 지났을 무렵. 자원봉사는 그냥 가면 되는 건가요? 절차가 필요해요?

"네. 처음 간 건 5월에. 사람이 한꺼번에 몰릴 수도 있고, 일하다 다칠 수도 있으니까 업무 분장이나 보험 가입 같은 이유로 사전 승인을 받아야 해요. 현장에서도 신청할 수 있지만 그러면 일단 대기해야 되니까. 승인이 나면 일단 팽목항팀, 체육관팀으로 나뉜 후 다시 일이 세분돼요. 예를 들어 체육관팀 택배, 팽목팀 검안소 보조 이런 식으로. 현장 신청자들은 배치를 받기 전까지는 일단 이불을 털게 해요. 진도체육관에서 쓰는 이불 몇천 채를 전부 다."

» 유가족들이 주무시는 곳이라서 이불이 있는 거죠?

"네. 숙소니까. 그런데 진도체육관에 제대로 된 환기시설이 없어요. 바닥에 스티로폼 깔고, 그 위에 요 깔고 이불 덮고 다들 그렇게 잤단 말이에요. 가족분들도 그렇고 봉사자들도 그렇고…… 그 이불들을 싹 들고나와서 털고 도로 갖다놓는 거예요. 안 그러면 종일 먼지가 날리는데 그 먼지가 빠져나갈 곳이 없으니까. 아주 열악한 상황[13]이죠."

　　》 한 번 가면 며칠씩 있게 되는지?

"팽목 자원봉사는 기본적으로 1박 2일이에요."

　　》 서울 기준으로 왕복 10시간쯤 걸리니까…… 당일치기는 어렵겠
　　군요. 그래서 처음에 맡은 일은?

"진도체육관팀 설거지. 처음 방문 때는 체육관에 손이 모자라서 거
기서만 있었어요. 이불 털다가 설거지 팀에 들어가서 나오지를 못
했죠. 하루종일 설거지만 했어요. 기자, 자원봉사자, 방문객, 지원
팀, 공무원까지 모두 밥을 먹으니까…… 전쟁이었어요. 전쟁."

　　》 그럼 체육관에서만 있었나요? 팽목항에는?

"나중엔 팽목도 갔죠. 체육관과 팽목항은 분위기가 달랐어요. 팽목
은 다양한 사람들이 드나들면서 약간 시장바닥 같은 느낌이었고 체
육관에서는 주로 가족분들이 계셨어요. 그래서 더 조심스럽고 어

13　팽목과 가까운 국립남도국악원이 세월호 유족 숙소로 시설을 써도 좋다고 공식 제안했으나 정부가
　　이를 가로채 고위 관계자와 KBS 등의 전용 숙소로 도용했다. 2014년 5월 9일 한국일보 기사 "남도
　　국악원 세월호 유가족 대신 정부부처 관계자·취재진 숙소로… 대체 왜?" http://news.naver.com/
　　main/read.nhn?mode=LSD&mid=sec&sid1=102&oid=038&aid=0002498464

느 정도였냐면 처음 자원봉사하러 갔을 때는 별 생각 없이 매일 씻었어요. 머리도 감고 샤워도 하고요. 그런데 두 번째 갔을 때부터는 씻는 것조차도 죄송스러운 거예요. 왜냐면 그때부터는 가족분들이 씻지도 못하고 생활하고 계시는 게 눈에 보이기 시작한 거죠."

» 그랬겠어요. 그런데 팽목항에서는 어떤 일을?

"처음에는 생필품 분배를 맡았어요. 그때가 초반이라 여기저기서 지원이 쏟아질 때라 별의별 것을 다 나눠줬어요. 물, 음료수, 속옷, 세면도구, 위생용품…… 그런데 물품을 나눠주면 받아가는 사람이 누구인지 일일이 체크하지 않았어요."

» 확인할 겨를이 없었던 거죠?

"그럴 정신도 없었지만 받아가는 사람이 누구인지 확인하는 게 조심스러운 거예요."

» 아……

"유가족이냐고 물어볼 수도 없는 거고 아니라고 유가족이 아니라고 주지 않기도 그렇고."

» 진도에서 자원봉사자들은 일과가 군대처럼 딱 정해져 있나요?

몇 시에 일어나고 몇 시에 밥 먹고 이런 식으로?

"팀마다 달라요. 제가 팽목항에서 생필품 나눠줄 때는, 필요한 사람이 언제 받으러 올지 모르잖아요. 새벽에도 올 수 있고 하니까 24시간 사람이 있어야 하는 거예요. 어쨌든 누가 달라고 하면 줘야 하니까."

» 일종의 편의점인 거네요.

"그렇죠. 식사보조도 그날 아침에 어떤 재료를 손질하느냐에 따라서 매번 일하는 시간이 달라져요.. 아침에 삼계탕을 한다 그러면

전라남도 자원봉사센터가 발간한 〈팽목항 자원봉사 리포트_219일간의 잊을 수 없는 기록〉 중에서

잊지 않을게, 절대로 잊지 않을게

닭 손질을 미리 해야 하니까 새벽에 일어나야 하고. 그런데 그게 식사팀 전원이 필요한 건 아니고 몇 사람만 하면 되는데. 그게 꼭 나여야만 할 이유는 없잖아요. 강제성은 없어요, 대신 내가 안 일어나면 다른 사람들이 힘들어지는 거지."

그래서 본인이 일어나서 닭 손질을 했던 거예요? 라고 물으려 했다가 그만두었다. 묻지 않아도 대답을 알 수 있었기 때문이다. 밤새서 물품을 나눠줘야 한다면, 오늘 잠을 안 자면 되겠네, 라고 생각하는 사람. 그녀였다.

갈수록 적막해지던 팽목항

» 진도에서 아이들 유체가 한동안 올라오지 않아서 다들 노심초사하던 시기도 있었잖아요.

"맞아요. 시신을 찾은 유가족들은 장례 치르러 돌아가시고, 미수습자 10여분의 가족들만 남아계실 때였어요. 그 후로는 계속 상주 인원이 줄었어요. 제가 마지막으로 팽목항에 갔던 때가 7월이었는데, 자원봉사자들끼리 설거지 하면서 이런 말도 들었어요. '지금은 누구를 위해 밥을 하는지 모르겠다'"

» 묘한 상황이었겠어요.

"네, 그렇다고 해서 밥을 아예 안할 수는 없었어요. 그러면 현장이 너무 적막해지니까. 가족분들만 외롭게 남겨둘 수는 없고…… 그렇게라도 사람들이 있어야 했어요."

» 유가족분들과 접촉은 없었나요?

"눈도 쳐다보지 못했어요. 한번은 이런 일이 있었어요. 희생자 친척분인가 되는 젊은 남자 한 분이 매일 술을 드셨어요. 거기는 맨정신으로 버틸 수가 없는 곳이었으니까…… 그때가 2, 3시쯤 됐는데."

» 한낮에.

"네, 체육관팀 조리장님께서 그분이 오로지 술만 드시니까 계란 후라이를 하나 해다 드리라고 하셨어요. 그런데 저는 그전에는 완전 설거지만 했었는데, 갑자기 계란 후라이를 하라고 하니까 중국집에서 청소만 하던 아이가 주방에 입성한 것처럼,"

» (일동 웃음)

"내가 중요한 일을 맡았구나 뿌듯한 마음에 성심껏 계란후라이를 부쳤어요. 그래서 접시에 담아서 갖다드렸는데 그분이 화를 버럭 내셨어요."

» 아이쿠.

"누가 이런 걸 해주라고 그랬냐며. 저한테 막……"

» 놀랐겠어요.

"정말 놀라고 무안했어요. 그렇다고 버릴 수도 없고 해서 뒤에서 제가 그냥 먹었어요."

» (일동 웃음)

"그 정도로 서로가 굉장히 예민하고 날카롭고, 조심스러웠어요. 그런 긴장된 순간들이 매일 하루종일 반복됐어요."

경찰이 외면하는 도둑을 잡다

» 그런 일들이 많았나요? 힘들다고 우신다든가. 술 드시고 소리 지르신다든가.

"그 일만 예외. 유가족들은 힘들다고 절대 내색하지 않으세요. 그분들끼리는 그런 이야기를 하시는 지 모르겠지만 대외적으로는 아무도 힘들다고 표현하지 않으셨고 정말 꼿꼿하게 생활하셨어요."

» (한숨)네에.

"거기서는 본인들이 무너지면 끝이니까. 아무도 도와줄 사람이 없으니까. 팽목에서도 정부가 껍데기만 있었지 중요한 건 아무것도 해주는 게 없었거든요. 매뉴얼이 없었어요. 유체를 수습한 다음에는 어떻게 해야 되는지, 애를 데려가도 되는지, 아니면 일단 기다려야 하는지[14]……"

» 5월부터 7월까지 팽목항을 여러 번 오갔는데, 갈 때마다 분위기가 조금씩 바뀌었을 것 같은데요.

"전혀. 전혀 바뀌지 않았어요. 오히려 점점 심하게 가라앉기는 했어요. 남는 사람, 유가족들이 점점 줄어드니까 현장 분위기가 더 침울해졌죠.

» 그밖에 기억나는 일은?

"거기서 제가 도둑을 잡은 일이 있어요."

---

14 "구조자 명단은 엉터리였고 발표는 종잡을 수가 없었다…… 며칠 후 시신이 올라올 때까지도 안치소 천막 하나 없어 땅바닥에 되는대로 애들을 내려놓는 지경이었다" 한겨레 2015년 5월 22일 기사 "세월호 유가족 전민주 "왜들 그러시죠? 정말 화가 나요"" 중에서 http://www.hani.co.kr/arti/society/society_general/692525.html

잊지 않을게, 절대로 잊지 않을게

» 진도체육관에서? 그 와중에도 물건을 훔치는 사람이 있다구요?

"그때 진도 이순신대교에서 경찰관 한 분이 투신자살을 한 적[15]이 있어요. 그런데 그 시신을 찾지 못해서 경찰들이 굉장히 예민해 있고 또 어수선한 상황이었어요. 어쨌든 팽목항을 맡은 경찰이 있고 체육관을 지키는 경찰이 있는데, 일을 전혀 안 하는 거예요. 체육관 안에서 유유히 물건을 훔치고 있는데도 경찰이 그냥 보고만 있는 거죠."

» 그래서 경찰 대신 본인이 직접 도둑을 잡았다?

"네. 어이가 없잖아요. 아무 일도 안 하려면 경찰이 왜 거기 있는 거예요. 그래서 제가 화가 나서 범인이 훔치는 장면을 찍어가지고 경찰을 불렀어요. 일 똑바로 하라고. (일동 웃음)"

그녀, 돌리면 간다

국슬기씨가 진도에 다녀온 것은 2014년 5월 중순부터 7월까지다. 처음에는 혼자서 방문했고 나중에는 거기서 만난 사람들과 '팀'을

---

15 2014년 6월 28일 헤럴드경제 기사 "진도 경찰, 진도 대교서 자살…… 투신전 극심한 스트레스 호소" http://news.heraldcorp.com/view.php?ud=20140628000140&md=20140701004419_BL

짰다. 일병 '땜빵조'. 회사나 단체가 자원봉사를 신청하는 경우 이런 저런 사정으로 간혹 '펑크'를 낼 때가 있다. 그렇게 갑자기 '펑크'가 났을 때 즉시 일손을 메꿔주는 역할이다.

2014년 7월부터는 서울로 돌아와 '세월호 특별법 제정 촉구' 범국 민서명운동에 몰두했고, 광화문과 국회, 안산 등지를 오가며 유가족 들을 도왔다. 광화문TV 작가, 국회 농성 지킴이, 기록물 정리, 영상 제작 등 그녀가 해온 일은 거의 전 분야에 걸쳐 있다.

» 2014년 7월부터는 다시 광화문에서 붙박이로 서명운동을 도와줬 어요. 여름에 광장에 혼자 12시간씩 서 있고 그랬는데.

"그때는 그렇게 하지 않으면 대신할 사람이 없었으니까."

» 그때가 또 정치권에 세월호 특별법을 제정하라고 부모님들 농성 하시고 단식하시고 그런 시기였어요.

"네. 전국에서 시민들이 유가족들 힘내시라고 응원 오던 때였어요. 사람들이 대단해 보였어요. 나는 쳐다도 못 보는데 저렇게 직접 악 수하고 이야기도 나누고 하는구나 싶어서. 그때는 일베 빼고 전국 민이 한마음으로 유족분들 지지했죠. 이렇게 해결이 안 되고 시간 만 질질 끌 줄 누가 알았겠어요?"

» 서명받을 때 특이한 일은 없었나요?

"제가 유가족들 얼굴을 잘 몰라서…… 광화문에 오신 희생자 아버님들께 서명해달라고 용지를 내민 적이 있어요. 그게 가끔 민망해서 자다가도 깨요. (겸연쩍게 웃으며)이불킥하죠."

> » 초반에 아버님들 얼굴을 다 외운다는 게 쉽지 않은 일이잖아요. 나중엔 친숙해져서 유가족들과 같이 여기저기 서명을 다니기도 했는데.

"그분들 모시고 청량리에도 가고, 건대에도 가고 그랬죠. 6월에 청량리역에서 서명운동 받을 때는 (박)성호 아버님 때문에 펑펑 울었던 적도 있고,"

> » 무슨 일로?

"서명 열기가 조금 수그러든 때였어요. 사람들은 막 지나가는데, 서명을 해주시는 분들이 많지 않아서. 이걸 어쩌나 싶었는데. 갑자기 성호 아버지가 마이크를 잡으시곤 '성호야~', '성호야~' 부르시더니 '단원고 2학년 4반 세월호 유가족이 서명을 받고 있습니다. 바쁘시겠지만 저희들에게 서명 좀 부탁드립니다' 하시는데 거기서 그만 울음이 터졌어요. 너무 서럽더라구요. 이 나라는 대체 어떤 나라길래, 뭐가 얼마나 잘못됐길래 피해자가 직접 서명을 받으러 길바닥을 전전해야 하는가 싶어서. 진짜 펑펑 울었네요."

» 봉변을 당하진 않았나요? 여성들이 길에서 서명받다 보면 별별 일들이 다 생기는데.

"광화문에서 서명받을 때, 어떤 할아버가 오셔서는 욕을 막 했던 적이 있어요. 저는 그런 할아버지 할머니한테는 대꾸하기 어렵더라고요. 싸가지 없어 보일 것도 같고 무례하다고 할 것도 같아서. 그런데 옆에서 같이 서명을 받아주시던 할아버지 한 분이 딱 한 마디로 그분을 보내버렸어요. '빨리 집에 가 봐라. 당신 손자가 물에 빠졌을 수도 있다'"

» 아아……

"그러니까 그분이 욕을 딱 멈추고는 집으로 가더라구요. (침묵) 그런 사람들은 가족을 잃은 그 마음을 전혀 몰라서 저러는가 싶기도 해요."

» 세월호 특별법 제정 건은 천만 명 국민 서명이 목표여서 정말 다양한 곳에서 서명을 받는데. 어디에서 주로 활동했나요?

"서울은 안 간데없이 다 갔어요. 청량리, 신림, 고속터미널, 신촌, 홍대, 대학로…… 제가 김포 사는데 대각선 방향인 건대입구역에도 갔었으니까. 저를 엄청 돌리더라구요.(웃음) 그런데 돌리면 또 간다는 거.(웃음)"

» 한 번도 원망없이 해줬어요.

"그때는 시간이 됐으니까."

» 실제로는 시간을 냈던 거죠?

"(웃으며)그렇죠. 최대한 조정하고. 나중엔 아예 일을 그만뒀고."

» 결국 세월호 때문에 직업을 바꿨다고 들었는데.

"원래는 중고등학생들 가르치던 논술 강사였어요. 열의나 사명감이 있었던 건 아니고 그저 돈벌이로. 근데 그날 이후로는 아이들 눈을 못 보겠더라구요. 저 아이들이 죽었을 수도 있으니까. 이런 나라에서 아이들을 가르치는 걸로 돈을 받을 수 없다고 생각해서 일은 그만뒀어요. 부끄럽기도 하고 미안하기도 하고."

» 지금은 어떤 일을 하고 있나요?

"그냥 회사원. 신입으로 입사한 지 얼마 안 됐어요. 아침부터 출근하는 일이 아직 익숙하지는 않은데, 그냥 열심히 하려고 해요. 대한민국에서 돈 벌기가 쉽지 않아요. 그래서 다들 돈, 돈 하나 싶기도 하고."

안 끝났으니까 : 국슬기

왜 하필 세월호였나

» 처음부터 본인에게 세월호가 남달랐나요?

"아뇨. 처음에는 확 와 닿지 않았어요. 그러다가 친구들 만난 자리에서 우연히 세월호 이야기를 하게 됐는데, 그 친구들이 저와 고등학교까지 함께 다녔고 서로 동생들 흉을 볼 정도로 허물이 없거든요. 그런데 그날 저렇게 많은 아이들이 한꺼번에 죽었다는 이야기는 안산에서 이 집 동생이 죽고, 저 집 동생이 죽고 전부 다 죽었다는 거 아닌가. 그 애들이 내 동생이거나 내 친구의 동생이었다면하는 생각이 들면서 갑작스레 실감이 든 거죠. 내 동생이 세월호에 있었다면, 아니 내가 지금도 그 안에 있다면…… 이렇게 생각하니환장하겠더라구요."

» 활동이 어느새 2년을 넘겼는데, 가족들은 뭐라고 하세요?

"저희 집에서 세월호란 단어는 금지어에요."

» 가족들 간에?

"네, 제가 이런 일을 하는 것도 전부 아시고 모두 지지해 주세요. 그리고 세월호 유가족들이 원하는 것도 마찬가지로 이해하고 응원하지만 집에서는 이야기하지 말라고 해요. 왜냐면 제가 너무 흥

분한다는 걸 아니까. 그래서 TV에 뉴스가 나오면 다른 채널로 돌려버려요."

» 활동을 함께 한 동료들에게 하고 싶은 말은 없나요?

"좀 쉬세요. 쉬셔야 해요. 그런 게 있었어요. 팽목에서도 봉사활동을 하더라도 3일 이상을 잡아주지 않아요."

» 봉사활동 일정이 최대 3일?

"네, 3박 4일 이상은 일정을 잡아주지 않아요. 서울에서 진도까지 버스로 5시간이 걸려요. 왕복 10시간이나 걸려서 왔다 가는데 어떻게 최장기간을 3박 4일밖에 안 주나. 이거 너무한 거 아니냐고 했어요."

» 그러네요.

"더 길게 하게 해달라고 졸랐더니, 자원봉사센터와 심리상담센터 분들이 이야기하기를, 여기 너무 오래 있으면, 가족들의 슬픔과 아픔에 당신이 동화가 돼서 헤어나올 수 없다. 그러니까 쉬는 기간을 두고 다시 오거나 해야 한다 그랬어요. 처음에는 그 말을 이해하기 어려웠어요. 그건 내가 하기 나름이라고 생각했는데, 나중에 거기에 있던 장기봉사자들을 보니까 알겠더라고요. 그 말이 저 말이구나 싶고. 조금씩이라도 쉬어야 해요."

» 지난 3년간 일하면서 이건 정말 용납 못 해, 이런 순간이 있으셨나요?

"팽목에 있었을 때, 다윤이 어머님(단원고 2학년 2반 허다윤양은 아직도 미수습자로 있다. 역자주)이 갑자기 편찮아 지셔서 급히 병원에 가셔야 했는데, 헬기를 타면 금방인데, 헬기를 내주질 않는 거예요. 그런데 그때 장관이 헬기를 불러서 타고 가더라구요. 그때 진짜 울컥했어요. 지금 아이도 찾지 못한 아픈 엄마가 있는데, 그 엄마가 탈 응급 헬기는 없어도, 일도 안 하고 사진만 찍는 장관이 타고 갈 셔틀 헬기는 있구나. 이 나라가 정말 썩었구나 싶었어요."

» 유가족분들께도 드리고 싶은 말이 있다면.

"병원을 좀 다니셨으면 좋겠어요. 제가 할 말은 아닌데, 누군가는 좀 붙어서……"

» (일동 침묵)……구체적으로?

"제가 그분들 눈을 쳐다보지 못한다고 하는 거랑 비슷한 게요. 아무리 주변에서 위로한다고 하더라도 겪은 당사자가 아니면 모르는 일이고 사실 그 어떤 것도 위로가 못 될 거예요. 그 상황에 더구

나 직접 싸워야 하고 또 생활도 꾸려야 하죠. 이 싸움이 장기전이
됐으니 오래 계속하려면 꼭 건강을 챙기셔야 할 것 같아요. 자신을
돌봐야 한다는 게 마뜩치 않으시겠지만."

» 마지막으로, 가장 보람을 느낀 순간이 있었다면 얘기해 주세요.
하다 보니 이건 참 잘했다고 생각하는 순간이거나.

"아직은 없어요."

우리는 그 순간 숙연해졌다. 뭐라 할 말이 없었다.

» 그동안 변한 게 많았을 것 같은데. 생각이나 생활 이것저것.

"뭐가 변했는지는 모르겠어요. 아무것도 변하지 않았다고 생각
해요."

» 2년간 아무것도 안 변했다면서, 본인은 계속 하고 있잖아요.

"아직 안 끝났잖아요. 아직 안 끝났으니까 해야죠."

» 실망도 하고 괴롭기도 했는데, 포기하지 않고 있으니까.

"아직 안 끝났으니까 해야죠."

» (일동 침묵)

"안 끝났으니까……."

국슬기씨는 이 일을 계속해야 하는 이유를 긍정문이 아닌 부정문으로 답했다. 다른 이유가 있는지 거듭 캐물었으나 그녀의 대답은 한결같았다. "안 끝났으니까." 그 말을 여러 번 듣고서야 우리가 원하는 대답이 다른 무엇이었던가를 생각해 보게 됐다. 끝났어야 할 일을 반드시 끝맺도록 하는 것. 그것은 또한 유가족들의 한결같은 염원이기도 했다.

인터뷰 중에 그녀는 수시로 인공눈물(점안액)을 눈에 흘려 넣었다. 안구건조증이 심하다고 했다. 2014년 여름에 라식수술을 받았는데, 일할 사람이 없다고 해서 곧바로 광화문에 나와 서명을 받았다고. 속없이 그녀가 웃으며 덧붙였다. "그때 쉴 걸 그랬어요." 제대로 보이지도 않는 뿌연 눈으로 행인들을 향해 서명지를 내밀었을 국슬기씨의 모습이 그려졌다.

국슬기씨는 지난 3년 동안 거의 울지 않았다고 했다. 그 말은 절반만 맞고 절반은 틀렸다. 그녀는 울지 '않'았던 게 아니라 울 수 '없'었을 테니까. 비어져 나오는 울음을 참으며 그녀는 이 땅의 수많은 곳을 다녔다. 대학가에, 지하철역에, 팽목항에, 진도체육관에, 광화문에, 국회에, 안산분향소에, 단원고에, 청와대 앞에. 참사 후 3년이 흘렀지만 세월호와 관련된 모든 것은 아직도 제자리걸음이다. 우리는 그녀의 눈물샘이 말라버린 이유를 짐작할 수 있을 것 같았다.

이 휑뎅그렁한 세상을 '울 수도 없이' 살아가야 하는 건 단지 그녀만이 아니다. 오늘도 유가족들은 아이들이 속했던 반별로 돌아가며 당번을 맡아 광화문과 안산분향소로 출근한다. 씩씩한 얼굴로 조문객들을 맞고, 웃는 낯으로 헌화에 감사를 표한다. 그리곤 돌아간다. 아이의 흔적이 가득한 집으로. 그러나 아이는 사라지고 없는 집으로. 부부가 눈을 마주치고도 한 마디도 나눌 수 없는 집으로. 그 집인지 감옥인지 구렁인지 모를 공간에서, 그들은 수면제 없이는 도저히 잠들 수 없는 악몽 같은 현실을 끌어다 덮으며 고단했던 하루를 눌러 끌 것이다. 오지 않는 잠을 청할 것이다. 내일은 오늘 못했던 단 한 가지라도 더 해보기 위해서, 사실을 한 사람에라도 더 알리기 위해서, 밤새 뒤척일 것이다. 아침만 기다릴 것이다. 그러나 그 아침에도 그들이 맨 먼저 보게 되는 광경은 아이들의 빈자리일 것이다.

경기도 안산시 단원구 일대에는 지금도 교교한 침묵만이 흐른다. 울음은 절대 문밖으로 새어나오지 않는다. 그 숨죽인 슬픔, 메말라 가슴만 쥐어짜는 통곡은 언제쯤 끝날 수 있을까. 2017년 4월 16일은 유족들이 아이들 없는 봄을 거리에서 세 번째 맞는 날이다.

왜
이런 일이
벌어졌나요

제주도 세월호 기억공간 '리본Re:Born' 운영자 _ 황용운 (1980년생, 제주도 조천읍 선흘리 3982번지)

폭풍주의보가 해제되기도 전에 배는 항구를 떠났다. 화물을 너무 많이 실었고, 무자격 승선원이 조타를 맡았다. 출항 후 한나절도 지나기 전에 진도 앞바다에서 배가 기울어지기 시작했다. 당시 파도의 높이는 2~3미터 정도로 위험하다 말할 수 없는 수준이었고, 침몰 현장도 항구에서 30km 안짝에 있었다. 배가 급속히 가라앉는 중에도 승무원들은 승객을 통제해 밖으로 나가지 못하도록 막았다. 정부의 대응은 늦었다. 해경이 동원됐으나 단 한 명도 구하지 못했다. 사고 자체보다 대처하고 구조하는 과정이 엉망으로 이어지면서 대형 참사가 됐다. 운항사와 해운공무원들은 정확한 승선 인원수도 몰랐다. 규정과 규제를 외면하고 상습적으로 담합한 결과였다. 결국 무고한 사람들만 죽었다. 희생자의 상당수는 어린 학생들이었다. 구조와 수색에 시늉만 보이던 당국은 인양을 사실상 포기했다. 그저 시간만 질질 끌었다.

박근혜 정부에서 일어난 세월호참사를 말하고 있는 게 아니다. 1973년 1월, 박정희 정권 당시 발생했던 한성호 침몰 사건[16] 이야기다. 그 사이 40년의 시간이 있었지만 부녀가 통치한 세상의 풍경은 놀랄 만큼 닮아 있다. 국가는 그때도, 지금도 국민을 구조하지 않았다. 무자격자가 국정을 농단하고, 입에 담지도 못할 '섹스 파티' 의혹이 청와대로부터 흘러나왔다. 나라 꼴은 엉망이 됐다. 외국과 굴욕적인 협상을 체결하고 너나없이 국가 재산을 빼돌렸다. 자본가

---

16 2014년 5월 12일 한겨레 기사 ""41년 전에도 한성호 침몰…요번맹키로 눈뜨고 바라만 봤제"_해경은 허대기만 허댔지 생존자 구조는 어민들이 했어 그러고도 못 구한 애들 떠올라 술 있어야 잠을 잔다 더만" http://www.hani.co.kr/arti/society/society_general/636525.html

는 위정자와 결탁해 국민들 세금을 집어삼켰다. 무능과 부패와 무책임은 그들 부녀의 전매특허였다. 공장에서, 회사에서, 길거리에서, 중앙정보부(현재의 국가정보원)에서 사람들이 죽어 나갔다. 검찰과 경찰은 사건을 조작했다. 언론은 입을 다물었다. 참다못한 시민들이 백만 명 넘게 거리로 쏟아져 나왔다. 다를 게 없었다.

우리는 이 막장 드라마의 끝을 이미 본 적이 있다. 이번엔 어떨까? '서울의 봄'은 다시 올까. 우리는 두렵기도 하다. 그 봄은 1980년 5월처럼 또 살육으로 끝나는 건 아닐까? 다시 올 봄은 누구를 위한 계절일까. 계절이어야 할까. 수백만의 사람들이 2016년 늦가을부터 매주 광화문에 모여 진짜 봄을 기다린다.

황용운씨는 진짜 '서울의 봄(春, spring)'은 '제주의 봄'(觀察, seeing)으로부터 시작되어야 한다고 믿는 사람이다. 현재 '제주도민'인 그는 본래 서울 사람이다. 도시에서 학교를 나왔고 직장생활도 했다. 어릴 적에는 교회를 열심히 다녔고, 음악과 공연에 관심이 많았다. 그의 눈이 새롭게 뜨여진 계기는 가수 안치환씨의 2000년도 여름 공연에 아르바이트로 일하면서다. 정통 통기타 연주가 컨셉이었던 공연은 그해 김대중 대통령이 전격적으로 평양을 방문하고 남북 공동으로 6.15 선언을 내놓으면서 기조가 '우리의 소원'으로 완전히 바뀐다. 그러면서 주최측은 장기수 할아버지들과 위안부 할머니들을 공연에 초대한다. 그 자리에서 황용운씨는 그때껏 몰랐던 한국사의 이면을 들으며 '망치로 맞은 듯한' 느낌이었다고 한다. 군대를 마치고 민간인이 된 후 그가 가장 먼저 한 일은 일본대사관 앞에서 매주 열리는 '수요집회'에 나간 것이었다. 그 뒤로 그는 경기도 광주

나눔의 집으로 꾸준히 자원활동을 나섰다.

황용운씨는 '옳은 말'에 대한 면역이 전혀 없는 사람이다. 틀린 말에는 즉각 반박하고, 맞는 말은 곱씹어 행동으로 바꾼다. 그 과정에서 그는 망설이거나 시간 끌지 않는다. 바른 말과 정의로운 행동은 그에게 아주 쉽게 전염된다. 그래서 그의 삶은 늘 극적인 변화 속에 있다. 공연기획사를 다니며 역사를 공부하고 자원봉사를 하던 그는 2009년 노무현 대통령 서거 소식을 접하고는 한 번 더 삶을 바꾼다. 성실한 직업인으로서 급여의 일부를 기부해 나누면 된다고 생각해 왔지만 서거를 계기로 보다 적극적으로 활동하기로 마음먹은 것이다. 아름다운가게에 취직한 것은 그 일환이었다. '대안'을 구체적 사업으로 실현해 가던 참여연대 박원순 대표를 따라 아름다운가게에 취직하면서 돈벌이와 운동(movement)이 분리되지 않는 삶으로 편입한다. 폐품을 재활용해 새롭게 생활용품을 만드는 업사이클링 디자인 부서에서 홍보와 기획을 맡으며 하루하루 살아가던 중에 2014년 4월을 맞는다. 동료들과 논쟁하며 세월호 집회에 꼬박꼬박 참석했던 그는 이대로는 안 된다며 6년간 만족하며 근무했던 아름다운가게를 그만둘 것을 결심한다.

그는 또 한 번 삶을 바꾼다. 제주도로 터전을 옮기고 퇴직금까지 몽땅 털어 넣으며 '대책 없는' 짓을 벌인다. 전시장과 도서관과 사랑방을 겸한 세월호 기억공간 'Re:Born'(이하 '리본')을 만들어 희생자를 평생 추모하며 살기로 작정한 것이다. 착하고 욕심 없는 청년, 혹은 어리숙하고 철없는 이상주의자 황용운씨를 제주와 서울에서 인터뷰했다. 마지막 인터뷰 장소는 2016년 10월 24일 서울대병원 장례식장의 故 백남기 농민[17] 빈소였다. 경찰이 강제로 집행하려 시도했던 부검 영장의 시한이 그 이튿날까지여서 침탈을 저지하려는 시민들이 밤낮으로 현장을 지키던 그때 힘을 보태고자 비행기를 타고 상경한 그를 만났다.

제주로 향했던 사람을 제주에서 기억합니다

　　» '리본'은 언제 개관한 거예요?

"2015년 4월 16일에. 딱 참사 1주기 되는 날이었죠."

　　» 준비를 얼마나 했던 건지?

"제가 2015년 2월에 제주에 입도(入島)했으니까…… 본격적으로는 두 달 쯤 걸린 거죠."

　　» '리본'에 막상 와보니까, 기사로만 보던 것보다 규모가 크고 공간 구성이 아기자기한데…… 2개월동안 꾸민 곳이라고는 믿어지지가 않아요. 고생이 많았겠는데요

17　한겨레21 기사 "밀밭의 수도사, 농민 백남기의 생애와 2015년 민중총궐기 이후" http://h21.hani.co.kr/arti/cover/cover_general/42417.html 참조

잊지 않을게, 절대로 잊지 않을게

세월호 기억공간 '리본' 전경

"여러군데에서 기사가 나면서 많은 분이 도와주셨어요. 초반에는 회사 팀장님이었던 목수 선배하고 '바람도서관'으로 알려진 박범준 씨한테 기댔고, 그 뒤로도 섬 전역에서 수많은 분들께 신세를 졌어요. 내가 전기를 할 줄 안다, 내가 미장을 할 줄 안다 그런 분들이 알음알음 찾아오셔서…… 동네분 들도 이래저래 힘써 주셨고. 정말 고마운 일이죠."

   » 왜 하필 제주도였나요?

"아무 일도 없었다면 세월호가 그날 도착해야 했던 곳이 제주도였으니까요. 또 제주는 전국적이고 국제적인 관광지니까 더 많은 사람이 올 수 있겠구나 싶었어요."

» 그 전에는 제주도에서 살 계획이 전혀 없었는데, 참사 후에 이 모든 게 결정된 건가요?

"사연이 긴데…… (웃음) 제가 2014년 5월 16일에 회사에 휴가를 내고 2박 3일 일정으로 광주 5.18 행사에 참가했어요. 그해 5월 18일이 일요일이어서 그날 낮에 행사 마치고 저녁에 상경했지요. 그런데 페이스북에 용혜인씨가 광화문에서 항의 시위[18]중인 내용이 계속 올라와서…… 그걸 보니까 잠깐이라도 들렀다 가야지 그냥은 집에 못 가겠더라구요. 그래서 거기 참여해서 '이게 국가냐', '우리가 국민이냐' 외치다가 곧바로 연행됐어요."

» 날벼락이었겠어요. 다음날 출근해야 했을텐데.

"구치소에 들어갔는데…… 화장실이 아래로 반만 가려져 있었어요. 혹시나 목을 맬까 봐 그렇다고…… 일 볼 때마다 다 보여서 완전 짜증 났죠. (웃음) 초범인데도 48시간을 꼬박 채우고 풀어주더라구요. 갇혀 있는 동안 정말 많은 생각을 했어요. 그래서 지금 제

---

18 2014년 5월 19일 프레시안 기사 ""이게 국가인가"…경찰, '촛불 행진' 100명 단 30분만에 '전원 연행" http://www.pressian.com/news/article.html?no=117255 참고로, 검찰은 이 시위를 주도한 용혜인씨에게 '징역 2년'을 구형했고, 법원의 2017년 1월 11일 선고에서도 유죄판결을 받았다. "용씨 항소하겠다" 2017년 1월 11일자 오마이뉴스 기사 http://www.ohmynews.com/NWS_Web/View/at_pg.aspx?CNTN_CD=A0002278854

잊지 않을게, 절대로 잊지 않을게

주도에 제가 있는 셈이고."

» 그 불편하고 민망한 곳에서 무슨 생각을? (웃음)

"5.18도 그렇고, 세월호도 그렇고…… 무고한 사람들이 국가에 의해 죽어간 사건이잖아요. 광주와 광화문에서 '기억하겠습니다', '잊지 않겠습니다' 외치다 경찰서에 잡혀 왔는데, 곰곰이 생각해 보니까 그 말에는 '어떻게'가 빠져있더라구요. 어떻게 기억할 건데? 어떻게 잊지 않을 건데? 제가 했던 말이 구호로 끝나면 안 된다고 생각했어요. 그래서 공간을 만들자고 생각했죠. 어디에? 세월호가 향하던 제주도에. 무엇을 하는 공간? 그 일을 잊지 않고 기억하는 공간을."

» 그날 연행된 분들 중에는 저희 지인도 있었는데, 이틀 후 풀려나서 다음날 출근했더니 직장 상사가 불러서 '젊었을 때 나도 해봤다. 잡혀가지 않을 정도로 살살해라' 했다더라구요.

"저는 그래서 세상이 안 바뀐다고 생각해요. 옳은 일 하는 건 좋은데, 허용된 만큼만. 그건 '가만히 있으라'와 다르지 않다고 봐요. 저는 아닌 건 죽어도 아닌 거라서. 강경하죠.(웃음)"

» 어쨌든 생애 최초의 연행을 당하고 나서 인생을 또 한 번 바꾸게 됐는데. 제주도에 와서 집회를 하겠다, 모임을 만들겠다도 아니

고 어떻게 공간을 꾸릴 생각을 했나요?

"제가 아름다운가게를 다녔잖아요. 나한텐 필요없지만, 누군가에 겐 필요한 걸 기증받아서 판매 수익금으로 이웃을 돕는 곳이었는 데. 그 과정에 관여한 모두가 뿌듯해지는 공간이었어요. 정치에 무 관심한 사람들도 거부감없이 참여할 수 있는 곳이고. 매개가 되는 공간을 잘 만들면 세월호에 관심이 없거나 적은 사람들에게도 부 드럽게 말을 걸어볼 수 있겠다 생각했어요."

  » 그러고 보니 '리본' 운영도 아름다운가게 시스템을 그대로 적용한
    거라던데.

"맞아요. 자원봉사자가 주도적으로 운영을 맡는 식이죠. '리본'을 지탱하는 힘은 '기억지기'(공간 관리를 맡는 자원봉사자를 달리 부르는 이름)에서 나와요. 그분들이 매일 4시간씩 번갈아 맡아서 문을 열 고 방문을 객을 맞고 문을 닫아요. 다들 자기 일처럼 애써주셔서 제가 주중에는 여기 있을 일이 없죠."

  » 체계를 만드는 게 쉬운 일이 아닌데 대단하네요. 자원봉사자분들
    은 총 몇 분이나 계세요?

"기억지기 선생님들이 열네 분. 그 외에 일이 있을 때마다 설비를 맡아주시는 잡부팀이 스무 분 정도.

» 잡부팀?

"이 공간이 원래는 소 키우는 축사였는데, 지금의 그럴듯한 공간으로 재탄생하기까지 전기니 시멘트니 하는 온갖 잡일을 맡아주신 분들이세요. 끝나고 막걸리 한 잔 하면서 서로 수고했다 쓸어주는 남자들. 좀 슬픈 이야기일 수도 있지만 세월호가 맺어준 형제라고 느끼고 있어요."

나는 살려고 섬으로 내려온 거예요

» 귀한 인연이네요. 그런데 기억지기 중에 세월호 희생자 아버님이 계시다고 들었어요.

"○○아버님. 같이 하시겠다고 '리본'에 직접 찾아오셨어요. 저도 고민이 됐어요. 괜찮으시겠냐 여쭸더니 걱정 말라고 하셔서…… 이걸 우리가 숨기거나 서로 미안해하거나 할 게 아니라 힘이 필요하니까 너나없이 함께 돕자고 하시더라구요. 저는 그냥 죄송해만 했는데, 외려 저희한테 큰 힘이 되어주셨어요. 유가족분들이 되게 단단하신 것 같아요."

» 잠깐 이야기를 돌릴게요. 결국 세월호 참사에 인생을 올인하게 됐는데, 왜 이 일이 특히 선생님 마음에 깊이 들어왔나요?

"참사 당일의 느낌은 누구나 비슷할 거예요. 사고 소식에 놀라고 전원 구조 자막에 안심하고. 문제는 그 뒤였잖아요. TV에서는 사상 최대의 작전이 펼쳐졌다는데 구조된 사람은 없고. 보고 있는데 계속 멍하고 무기력해졌어요. 출퇴근이 괴로웠어요. 이제라도 팽목에 가야하나? 이건 오버인가? 피켓이라도 들어야 하나? 어쩔 줄 모르겠더라구요. 일도 손에 안 잡히고."

   » 다들 그랬죠.

"결국 다 죽고 시신이 올라오기 시작하는데, 저도 모르게 눈물이 쏟아지는 거예요. 지하철에서도 울고, 교복 입은 학생들만 봐도 울고…… 한국 역사에 처음 눈떴을 때처럼 힘이 쭉 빠지더라구요. 그때는 책을 보고 공부하면 됐는데, 이건 눈앞에서 일어난 현실이잖아요. 왜 구하질 않지? 왜 진상 규명을 막지? 왜 인양 안하지? 이 모든 걸 막고 있는 최고책임자, 박근혜 눈에 내가 먼지라도 되겠다 결심한 거예요. 대통령이 제대로 할 때까지 계속 거슬려 주겠다고."

   » 공연 기획자였다가 사회적 기업 간사였다가 지금은 제주까지 내려와서 일종의 시민기념관을 운영하는 셈인데, 셈인데, 그 변화가 녹록했을 것 같지 않아요. 자신을 바꾸는 게 어쩌면 가장 힘든 일이잖아요. 우리는 쉽게 변혁을 꿈꾸지만, 막상 생활을 바꾸는 건 주저할 때가 많은데.

"주변에서 늘 그랬어요. 오버하지 말라고. 어떻게 먹고살 거냐고. 그런 말을 들으면 고민이 되죠. 그런데 저는 제가 살려고 내려온 거예요. 서울에 있으면 너무 힘드니까. 누구를 위해서 내려온 게 아니고 제가 살려고 내려온 거예요. 그건 분명해요."

> » 그 산다는 게 그러니까……

"전에는 회사원, 간사 하면서 그저 비판하고 후원하는 단계였다면 2014년 이후로는 이 땅에서 생존 자체에 물음표가 생긴 상황이잖아요. 근본적으로 관점이 바뀐 거죠. 세월호 진실 규명이 이루어지고 다시는 이런 일이 발생하지 않는 사회로 갈 수 있다면 저는 평생 성공하지 않아도, 쌓아놓은 게 없어도 후회가 없을 것 같았어요. 하루에 밥 세 끼만 먹으면 되지."

> » 어떻게 보면 이상주의적으로 들려요. 마흔을 앞둔 남자가 쉽게
>   할 수 있는 얘기는 아닌데.

"저는 사실, 훌륭한 사람이 되고 싶은 생각이 추호도 없거든요. 저는 다만 행복한 사람이고 싶어요. 이 말은 내가 옳다고 믿는 일을 어떻게든 실천해야 행복하단 거예요. 아이들이 헛되이 죽었는데, 그 뒤로 우리가 명확한 진전을 이뤘나요? 아니잖아요. 3년째 유가족이 길에서 물대포를 맞고 있잖아요. 방법을 만들어야죠. 모르고 오해하고 안 듣는 사람들을 설득하고 소통하고 공감을 끌어내야죠.

동정이나 비난으로는 세상이 바뀌지 않아요. 어떻게든 해야죠."

» '리본'이 황용운씨의 헌신과 봉사자들의 노력으로 제주 섬에 성공
적으로 안착했지만, 그 과정이 개인의 희생을 전면적으로 요구하
는 다소 무모해 보이는 측면도 있어요. 앞으로도 잘 될 거라는 보
장이 없는데, 후원금이 줄어들 수도 있고, 임대료 때문에 장소를
옮겨야 될 수도 있고…… 어려움은 분명히 생길 텐데, 그럴 경우
에도 공간은 계속 운영하실 건가요?

"그럼요. 저는 무조건 해요."

» 장소도 어쨌든 제주에서?

"네. 제주 내에서. 구분 없이 한국인, 외국인 모두에게 세월호를 알
릴 수 있는 곳이니까. 꼭."

같이 있는 게 가장 중요해요
- -

» 개인적인 질문을 드릴께요. 선생님 지금 머리가 아주 긴 편인데,
이유가 따로 있나요?

"부스스하죠? 원래는 이렇지 않았구요.(웃음) 제가 유민 아버님 뵙

고 나서 처음으로 머리도 기르고 수염도 자르지 않게 된 거거든요. 2014년 여름에 주말마다 집회에서 뵈면 유민 아버님이 단식하시느라 하루가 다르게 마르고 수염이 초췌하고 그러셨잖아요."

» 하루하루가 피 말리는 일이었죠. 유민 아버님이나 지켜보는 국민들이나.

"그래서 뭐라도 해야겠다 싶어서 진실규명과 책임자처벌이 될 때까지 나도 머리와 수염을 자르지 않겠다 마음먹었어요. 거기 쓸 돈을 좋은 데 기부하겠다. 그런데 먹을 때마다 지저분해지니까 수염은 좀 깎기는 해야 돼요. 외모 때문에 다른 분들이 오해하실까 봐 걱정되긴 하는데, 그게 본질은 아니고 스스로 한 약속도 있고 해서 계속 기르고 있어요."

» 활동에 대한 가족들 반응은 어떤가요?

"염려하시죠. 그렇지만 대부분 지지해주시고 뭐라고는 안 하세요. 재밌는 게, 카카오톡에 저희 외갓집 단톡방이 있어요. 제가 거기에다가 세월호 이야기나 정치 이야기를 종종 올리거든요. (일동 웃음) 다 경상도 분들이라 읽었다고 표시가 되는데도 아무런 반응은 없어요. (일동 웃음) 그러다 가끔 엄마가 저한테 용기를 북돋워 주는 말을 한 번 씩 올려주세요. 그러면 누나가 거기에 톡을 달아요. '두 분 여기서 이러시면 안 됩니다' 이렇게 마무리가 되죠."

» 일부러 그러는 거죠? 꾸준한 학습이랄까?(웃음)

"물론이죠. (웃음) 한번은 이모가 엄마한테 전화해서 한바탕 한 거예요. '용운이는 왜 그런 걸 올리냐', 엄마가 내 편을 들어주다가 '용운이한테 직접 얘기하라'고 슬쩍 발을 빼세요. 그러니까 이모가 저한테 문자를 보내셨더라구요. '용운아 잘 지내지? 외갓집 단톡방에 그러지 좀 마라'. 그래서 제가 이모한테 답장으로 이 시를 보냈어요.

나치가 공산주의자들을 덮쳤을 때, 나는 침묵했다; 난 공산주의자가 아니었다.
다음에 그들이 사회민주당원들을 가두었을 때, 나는 침묵했다; 난 사민당원이 아니었다.
다음에 그들이 노동조합원들을 덮쳤을 때, 나는 아무 말도 하지 않았다; 난 조합원이 아니었다.
다음에 그들이 유대인들에게 왔을 때, 나는 아무 말도 하지 않았다; 난 유대인이 아니었다.
그들이 나에게 닥쳤을 때는, 나를 위해 말해 줄 이들이 아무도 남아 있지 않았다.

– 목사 겸 반전운동가 마틴 니묄러, "나치가 그들을 덮쳤을 때" 詩 전문.

"그러고 나니까 그 다음부터는 연락이 없더라고요.(일동 웃음)"

» 일부러 소망교회를 다니기도 했다고?

"이명박 대통령 때 교회 청년들을 만나보려구. 가서 기타치고 찬양 인도하고 그랬어요. 보니까 사람들이 옳은 사람 말을 듣는 게 아니고 좋은 사람 말을 듣더라구요. 잘 살고 좋은 학교 다니는 소망교회 청년들은 이명박이 하나님의 은혜라고 생각할거고 나중에 대한민국 정치 경제 사회의 리더가 될텐데 그들한테 말을 거는 게 중요하다 생각했어요. 한 6년쯤 다녔죠."

» 이야기 좀 해보려고 6년을?

"교회 청년들이 무슨 기도하는 줄 아세요? 두 가지예요. 배우자와 진로. 그런데 저는 세월호에 대해서 같이 기도해 보자는 쪽이었죠. 교인들은 '용운이는 아름다운가게 다니고 사회에 관심이 많은 애다' 이랬을 거예요. 그런데 제가 연행됐잖아요. 제가 그 사실을 SNS에 올렸더니 소망교회 친구들이 면회를 온 거예요. 친구들의 인식은 이거죠. '경찰서는 나쁜 사람들이 가는 건데, 네가 왜 거기 있냐'. 그러면서 친구들도 제 편견을 다시 생각해 보는 계기가 된 거죠."

» 뭔가를 하나씩 던져보는 일이군요.

"그 친구들이 제주에도 자주 오거든요. 여유가 있으니까 XX 호텔을 잡고 오는데, 그러면 '리본'에도 놀러 와요. 참사 후 2년이나 지났는데, 왜 아직도 이러고 있냐 묻기도 하고. 그러면서 또 이야기를 해볼 수 있으니까. 그래서 저는 물리적 공간이 되게 중요하다고 생각해요."

» 그런 게 아주 지난한 작업이잖아요? 본인도 답답했을텐데요. 달리 생각해 보자고 6년간이나 교회에 같이 다닌다는 게 어마어마한 일처럼 느껴지기도 해요. 어떻게 그럴 수가 있나요?

"저는 이 싸움을 아주 길게 봐요. 사실 답답하죠. 저도 어릴 적부터 교회에 다녔고 교회에서 좋은 영향 받은 것도 많지만 사회적 이슈와 선데이 크리스찬이 분리되는 것에 대한 불만이 커요. '같이 기도하면 된다', '하나님의 뜻이 있다' 마냥 이렇게 넘어가서는 안된다고 봐요. 그걸 바꾸려면 옆에서 계속 한 마디씩 툭툭 던지는 게 필요하다는 거죠. 제가 정말 고맙다고 느낄 때가 있어요."

» 어떤?

"강남에 살고 삼성 다니고 유치원때부터 소망교회에 다니던 이 친구들이 제가 계속 얘기하니까 여기 백남기 선생 빈소에 오겠다는 거예요. 얘네가 한 명, 두 명이지만 차츰 이런 애들이 생기는 거예요. 이렇게 해 나가면 된다는 생각이 들고, 저는 그 친구들을 계몽시키거나 계도해야 한다고 생각하지 않아요. 그냥 같이 있는 게 제일 중요해요."

나는 세월호에서 살아왔어요

2014년 4월 16일, 세월호가 제주도에 도착하기를 기다렸던 사람은 탑승객의 가족들만이 아니었다. 기원의 양상은 달랐겠으나 제주도의 오현고등학교 2학년 학생들도 세월호를 기다리고 있었다. 그들은 그날 오후 세월호를 타고 서울로 수학여행을 가기로 예정되어 있었기 때문이다. 물론 수학여행은 취소되었고, 오현고 학생들은 패닉에 빠졌다. 황용운씨는 2016년 4월에 지금은 대학생이 된 당시 오현고 2학년 학생들을 모아 제주도에서 토크 콘서트를 열었다. 세월호는 제주도민의 일, 바로 우리의 일이기도 하다고. 그 배에 제주 아이들이 탈 수도 있었다고.

> » '리본'을 운영하는 것 외에도 다양한 활동을 하고 있잖아요. 침묵 시위도 하고 버스킹도 하고 피케팅, 5일장터 선전전, 토크 콘서트도 열고.

"제 계획 중의 하나는 제주도의 중고등학생들, 섬의 세월호 세대 학생들을 다 만나보는 거예요. 언론에서도 안 다뤄서 자기와는 상관없다 느낄 수도 있으니까. 저는 '기승전교육' 같거든요. 애들이 직접 보고 생각하라고 다양한 장소에서 다양한 방법을 시도하는 거죠."

» 용운씨는 적극적이고 에너지가 많은 사람인데, '리본' 공간은 희
생자를 기억하고 추모하는 곳이라 어쩔 수 없이 슬픈 공간이기도
하잖아요. 거기에서 받는 스트레스는 없나요?

"전시 사진이 그런 게 많으니까요. 초반에는 많이 힘들었죠. 이제
는 자연스러워요."

» 희생자 부모님들도 자주 방문하신다 들었어요.

"며칠 전에 ○○ 부모님 오셨어요. 생존자 부모님도 다녀가시고.
꾸준히 와주고 계세요."

» 어때요? 희생자 부모님들 뵈면?

"유가족들이 앞장서 주시는 게 정말 감사하죠. 제가 5월 어머니회
도 만나고 전태일 재단에 가서 이야기도 들어보고 하면 앞에서 버
텨주시는 것만으로도 너무나 큰일을 감당하고 계신다고 봐요. 한
편으로는 죄송하기도 해요. 약간 독한 말처럼 들릴지 모르겠지만,
모든 걸 밝혀낼 때까지 전 과정을 그분들과 함께 해야 한다고 생각
해요. 우리는 끝끝내 살아서, 길게, 깊이, 끝까지, 질기게 싸워야 해
요. 끝을 봐야 하니까."

'Re:Born'에서 제주대 대학생들과 토론중인 황용운씨

» 용운씨가 바라는 세상은 어떤 세상인가요?

"단순한 세상, 사람 사는 세상이죠. 노동자가 일한 만큼 임금을 받아갈 수 있어야 하고 농민들은 세상을 먹이는 만큼 본인도 먹고살 수 있어야 하는. 다 같이 살 수 있는데 전부가 기업화돼서 농부나 노동자의 몫을 빼앗고 말살하려고만 드는지. 마트도 그래요. 대형마트와 대기업 편의점이 골목상권까지 다 점령해버려서 그런 곳에서 무조건 담합된 값으로만 사야 하죠. 많이 가지려는 욕심, 자본에 대한 집착이 너무 과해요. 결국 약자를 갈아먹는 거죠."

» 많이 가지려는 욕심이 끝내는 누군가를 해친다?

"지금의 구조는 가장 가난한 사람, 가장 힘없는 사람이 항상 빼앗기다가 끝내 죽을 수밖에 없는 시스템이에요. 비정상이죠. 그 비정상이 정상화된 세상을 원해요. 그래서 말도 안 되는 이유로 아이들이 죽지 않아도 되는 그런 사회."

» 제주도에서 사신 지가 어느새 2년이에요. 변화가 컸는데, 본인은 만족하나요?

"저는 제주도에서 산다고 생각하지 않아요. 몸은 여기 있지만……저는 지금도 세월호에서 산다고 생각해요. 참사 초기에는 너무 화가 났고, 그 다음엔 한없이 미안해졌고, 그러다 무기력하고 숨 막히는 매일을 살았어요. 그래서 직업을 바꿨고, 터전을 바꿨고 여기까지 왔죠. 그래서 저는 편해졌을까요? 아뇨. 저는 세월호참사가 명백하게 정리되지 않으면, 책임자를 처벌하고 낱낱이 진실을 규명하지 않으면 우리 모두의 삶이 편안해질 수 없다고 생각해요. 아닌가요?"

» 일베니, 어버이연합이니 일부 기독교 단체니 세월호에 적대적인 사람들도 있는데, 그들에게 하고 싶은 말이 있다면?

"저는 정말 모르겠어요."

황용운씨는 고개를 떨구고 잠깐 생각에 잠기는 듯 했다가 이내 얼굴을 들어 우리를 정면으로 쳐다봤다. 그리고 낮지만 분명한 목소리로 되물었다.

"왜 이런 일이 벌어졌나요?"

황용운씨를 만나기 전에 우리는 그가 굳고 단단하고 직선적인 사람이라 생각했다. 아니라면 제 삶을 그렇게 단호하게 바꿀 수 없을 테니까. 인터뷰를 끝내고 난 후 그는 잠잘 채비를 갖추기 시작했다. 경찰이 부검 영장을 강제 집행할 것을 대비해 밤새워 빈소를 지키려는 것이었다. 인권운동가 미류님이 말한 것처럼, 누군가의 존엄을 지키는 일은 결국 자신의 존엄을 지키는 일이라는 걸 우리는 그의 모습을 지켜보면서 확인할 수 있었다. 황용운씨는 굳고 단단한 직선의 사람이 아니었다. 무언가를 이루기 위해서라면 그는 더없이 무르고 부드러우며 기꺼이 에돌아가는 아주 길고 아름다운 호(弧)를 그릴 수 있는 사람이었다.

황용운씨는 여전히 세월호에서 살고 있다고 했다. 그만 그런 것이 아니다. 우리도 여태껏 세월호를 벗어나지 못했다. 침몰은 지금도 현재진행형이다. 세월호를 기억하고자 하는 그의 싸움은 결국 우리를 구하고자 하는 싸움, 소소하고 평화로운 우리의 일상을 지키려는 싸움이기도 하다.

크고 작은 사고는 또 일어날 텐데, 그때에도 사람들은 속수무책으로 또 죽어야만 할까. 그렇지 않다. 미래는 우리가 만드는 것이다. 우리는 아직 스스로를 구할 수 있다. 인양은, 우리가 할 수 있는 가장 작은 구원이다. 황용운씨는 오늘도 섬에서 학생들을 만날 것이다. 아주 어린 학생들, 세월호를 모르는 무고한 아이들을. 아예 모르고 살 수 있다면 더 좋았을 천진한 청소년들을.

기억공간 리본 홈페이지 memoryreborn.modoo.at/

기억공간 리본 페이스북 www.facebook.com/memoryreborn0416

기억공간 리본 주소 : 제주도 조천읍 선흘리 3982번지(매주 화요일과 설 당일, 추석 당일 휴무, 오전 10부터 오후 6시까지 개관)

후원계좌 : 제주은행 33-02-302747 예금주 황용운(기억공간 리본)

시대가 원하는
사람이
아닐지라도

광화문에서 노래하는 소녀 _ 장한나 (1996년생, 경기도 군포시)

2015년 9월 추석 연휴 첫날 광화문에서 공연 중인 장한나씨 © 채희선

단원고 희생자 2학년 7반 오영석 군의 아버지 오병환씨('영석 아빠')는 참사 직후 광화문 광장에서 노숙하며 안산의 집으로 일년 넘게 돌아가지 않았다. '외아들이 없는' 집에 가는 게 의미가 없다고 생각했기 때문이다. 오씨는 청와대가 마주 보이는 이순신 동상 앞쪽, 분수대의 뒤편에 조그만 천막을 세우고 이종철씨와 함께 자리를 지키며 420여일동안 항의 농성을 벌였다. 이씨는 오영석 군과 같은 반 희생자였던 이민우 군의 아버지다. 전투경찰과 정보과 형사, 일베와 어용단체가 감시와 사찰과 모욕과 협박을 교대하듯 행사하는 동안 '영석 아빠'와 '민우 아빠'는 맨몸으로 고스란히 그 폭력을 감내했다. 아빠들은 2014년의 그 지독한 봄과 따가운 여름, 싸늘한 가을과 살벌한 겨울, 그리고 다시 돌아온 봄을 그대로 광화문 길바닥에서 보냈다. 그해 광화문 광장은 자식을 잃은 부모의 인격마저도 살해하려 드는 노골적인 '국가 폭력의 전시장'이었다. 이에 분노한 시민들이 속속들이 모여들면서 지금의 광화문 '세월호 광장'이 만들어졌고, 상설단체인 '4월16일의약속국민연대'(줄여서 '4.16연대')가 결성됐다. 그러니까, 오병환씨와 이종철씨는 바다 속에 가라앉은 세월호를 서울의 한복판, 정부청사와 청와대 앞까지 기어이 끌고 온 장본인이다. 참사가 다시는 재발되지 않는 '안전 사회 건설'을 목표로 하는 이 긴 싸움은 아주 작은 한 점에서 비롯되었다. 거리에 웅크리고 잠든 유가족들의 야윈 등에서부터 말이다.

아빠들이 밤이든 낮이든 비가 오든 눈이 오든 온몸으로 버텨내고 있을 때 광장을 찾아온 사람들이 있다. 어떤 이는 먹거리를 싸 왔고, 어떤 이는 덮을 것을 챙겨왔다. 또 어떤 이는 피켓을 들다 갔고, 어떤 이는 손을 잡아주고 갔다. 그 밖에도 수많은 사람들은 그저 눈물을 훔치며 아빠들을 하염없이 바라보다 돌아갔다. 그때 희망은 아직 가냘팠다.

그렇게 찾아온 이들 중에, 돌아가지 않은 이들도 있다. '두 아빠'들을 만난 어떤 이들은 공감을 표시하거나 지원을 도모한 후 각자의 집으로 귀가하지 않았다. 혹은 못했다. 그들은 그대로 광화문 광장에 남아 생업까지 버리고 싸움에 동참하면서 유가족들과 '대가족'을 이뤘다. 2014년 장한나씨는 그렇게 자기 삶을 피해자들의 그것과 포갠 고3 학생이었다.

'누구를 위한 국가인가'

» '영석 아빠' 말고도 많은 희생자 아버님들한테서 '딸'이라고 불리잖아요?

"그 당시 제가 희생자 아이들보다 겨우 한 살 많았으니까…… 농성장 올 때마다 일부러 운동복으로 갈아입고 나왔어요. 교복 보면 우실까 봐서. 어쩌다 교복으로 온 적이 있는데, 영석 아버지께서 보시고는 얼마나 예쁘냐고 하셨어요. 그날부터 자기 딸 하라고 그러셨고. 다른 아버지들도 마찬가지여서 그 후로 거의 공식 '딸'이 됐죠.(겸연쩍은 웃음)"

» 언제부터 광화문에 나온 거예요?

"사건 나고 보름쯤 후부턴가. 청계 광장에서 열린 추모집회부터. 일손 없다 그래서 서명 받는 거 돕고, 동조 단식 접수도 받고 그랬어요."

» 고등학생이었잖아요. 집회에 처음으로 나왔던 건가요?

"아녜요. 고등학교 2학년 말 12월 즈음에 철도 파업 집회가 처음이었어요. 그때부터 조금씩 나가다가 고3 되고 바빠져서 못 하다가…… 4월에 다시 본격적으로 나오기 시작한 거죠."

» 원래 정치나 사회에 관심이 많은 편이었는지?

"그렇다기 보다는 뭐랄까, 불안해서 이거라도 해야 하지 않을까 싶었어요."

» 철도노조가 총파업을 하는 현실이 고등학생인 자신과 직접 관련된다고 보기는 어려웠을텐데, 그런데도 집회에 나오게 된 이유가 따로 있었나요?

"그때 뉴스를 봤는데, OECD(경제협력개발기구)가 노동 탄압과 민주화 역행 때문에 한국을 축출할 수도 있는 위기[19]라고 해서.(일동 웃음) 어린 마음에 무서워서 나갔어요."

» 선진국에서 미끄러질까 봐?(웃음) 보수적인 관점에서 진보 집회에 나간 셈인데.

"그때는 그랬어요. 뭔가 심각하구나 싶어서. 친구 따라 시위 갔다가 처음으로 TV 밖의 세상을 봤고. 내가 진짜 모르는 게 많구나 실감했죠."

» 처음으로 경험한 집회가 대규모 집회였어요. 상황이라든가 분위기가 무섭지는 않았어요?

"정말 놀랐어요. 전투경찰과 대치 중에 장애인 한 분이 전동휠체어를 끌고 살수차 앞을 혼자 막아선 거예요. 근데 경찰이 확 밀어버려서 그분이 휠체어에서 떨어졌어요. 혼자 막아선 것도 충격, 경찰에 하는 짓도 충격. 그게 끝이 아니었어요. 장애인 보호자분이 오셔서 어떻게 그럴 수 있냐고 따졌는데, 사과하기는커녕 그분을 채증하는 거예요. 뭐야 저게! 또 충격이었죠. 그 장면을 보고 불이 지펴졌다고 해야 하나. 열 받아서 다음부터 꼬박꼬박 집회에 나갔어요."

---

19 2013년 12월 26일 뉴시스 기사 "OECD에서 한국에 대한 축출 논의가 있다는 보도에 이어……"
http://www.newsis.com/ar_detail/view.html/?ar_id=NISX20131226_0012619097&cID=10104&pID=10100

» 그게 2013년 12월이었는데. 해 바뀌고는 바로 고3이라 수험의 압박이 있었겠어요.

"특성화고에 다녔는데 제가 성적이 좋은 편이어가지구 일찍부터 취업 준비를 했어요. 괜찮은 취업처는 봄에 채용을 하거든요. 그래서 3월부터 공사, 은행 준비한다고 바빴어요. 서류하고 1차 면접까지 통과한 상황이었죠. 4월 18일 최종 면접을 보자고 통보가 왔어요. 16일에 일이 터졌잖아요. 밤낮으로 내내 울다가…… 결국 포기하고 집회 나갈 피켓을 만들었죠."

» 결과적으로 광장에 나오면서 취업까지 접은 셈이네요. 세월호 집회에는 혼자 나왔나요?

"네. 저 혼자 갔어요."

» 피켓에는 뭐라고 적었는지?

"'누구를 위한 국가인가'. 그 사진이 언론에 진짜 많이 나왔어요. 인터넷에도 엄청 퍼졌고. 그 사진을 개인 프로필 이미지로 쓰는 네티즌들도 생겼더라구요. 그분한테 제가 메시지 보냈어요. 그거 말고 더 잘 나온 사진 있다고."

» (일동 웃음)

"잘 찍힌 사진 첨부해서 보냈죠. (웃음) 나중에 제 사진이 광화문 세월호 전시관에도 걸렸어요. 앞에서 인증샷 찍었어요. '이거 나잖아' 이러면서.(웃음)"

출처 : 장한나 페이스북

학교는 못 가도 광화문에는 나오는 여고생

나는 아직 다 울지 못했어 울기 시작도 하지 않았는 걸

어떻게 그대 내게 그만 눈물 멈추라고 잔인하게 말 할 수가 있나요

다시는 오지 않을 푸르던 봄날의 미소 꿈 속에선 만날 수 있을까요

눈 앞에 아직도 선명한 그 날의 기억을 그대는 모른 척 할 수 있나요

때로는 마음이 지쳐서 잠시 쉬더라도 나는 잊고 살아갈 수 없어요

당신에게도 나에게도 더는 눈물 없는 그런 날 오길 나는 기도해요

– 장한나 작사 작곡 노래 "눈물"[20]

» 또래라서 더 깊이 사건에 공감한 부분도 있었겠네요.

"그렇다기보다는, 바로 다음날 학교 가려면 전철, 버스 타야 하는데, 나도 똑같이 될 수 있잖아요. 친구들 중에도 세월호 타고 수학여행 다녀온 애가 있고 하니까 공포랑 배신감이 컸죠. 선박 수주 1위라더니 헐! 선진국인 척 하더니 구조도 안 하고 헐! 이게 뭐야 싶은 거."

» 초반부터 자주 나오기 시작해서 여름부터는 거의 붙박이로 농성장에 있었는데.

---

20 장한나의 노래는 사운드클라우드(https://soundcloud.com)에서 들을 수 있다. 해당 검색창에 그녀의 예명 '김디킹'을 입력하면 된다. '눈물'은 2014년 당시 세월호 유가족들의 심경을 대변한 노래다.

"처음에는 일주일에 두 번씩 왔다가, 방학하면서 매일 나왔죠. 저는 광화문 광장에 고3 여름방학을 바쳤어요. (웃음)"

> » 참사 전까지는 장래가 촉망되는 우등생이었잖아요. 학교에서도 사랑받았을텐데. 어떻게 눈앞의 미래를 포기하면서까지 이 일에 열중하게 된 건지?

"일 터지고 학교가 전부 울음바다였어요. 애들도 그렇고, 선생님들도 우시고…… 세월호 말만 나오면 수업 중에도 다들 오열해서 진도를 못 나갈 정도였는데…… 친구들도 비슷했어요. 안양역에서 촛불집회 하면 다 한 번씩 참여하고, 리본도 달고 다니고. 제가 딱히 별난 건 아니었어요."

> » 그렇지만 고3 내내 여기 매달렸잖아요.

"그랬죠. 그러고 보니 그건 좀 별났네요."(일동 웃음)

> » 선생님들은 반응이 어땠어요?

"선생님이랑은 엄청 싸웠어요. 제가 전교 1등이어서 학교에서 저한테 기대가 컸는데…… 공기업은 아니어도 대기업이나 은행은 가겠지 싶으셨나 봐요. 제가 자소서(자기소개서)를 진짜 잘 써서 내면 하면 합격하는 애였는데. 그 뒤로는 자소서를 못 쓰겠는 거예요."

» 왜?

"세상이 달라진 거죠. 광화문에서 유족들도 만나고, 어용단체도 보고 정말 다양한 사람들을 만났는데. 그 전까진 세계가 평화롭다고 생각했거든요. 그게 안일한 생각이었다는 걸 알게됐어요. 나라가 국민을 버리는 과정을 똑똑히 봤는데 모른 척 할 수가 없었고. 더 이상 공부나 취업이 저한테 그렇게 중요하지 않았어요. 원래는 선생님들이 시키는 대로 하는 애였는데."

» 외할머니께서도 '귀신들렸다'고 했다면서요? (웃음)

"다니던 교회도 안 가고 맨날 광화문에만 있으니까. 세월호 이후에 교회 가는 걸 그만뒀어요. 광장에 종교인들이 많이 오셨잖아요. 교회라고 다 같은 교회가 아니구나. 현장에서 이렇게 아픈 사람들과 같이 싸우는 게 진짜 교회지 이런 생각이 들어서."

» 중간에 아파서 학교도 한참 못 나갔다고 들었는데.

"학교에서 선생님들과 계속 부딪히다 보니까 스트레스가 너무 커져서 공황장애를 앓았어요. 병원에서 3개월 결석계를 써줘서 그해 10월부터 12월까지 병결로 학교를 쉬었죠. 덕분에 줄기차게 광화문으로 출근했죠. 그때에요. 그땝니다. 광화문에서 제가 매일 당번 서던 때가."

» 학교도 못 나가면서 농성장에서 일을 많이 맡아줬어요. 웹디자인도 하고, 현수막도 만들고, 집회 준비도 하고, 공연까지…… 힘들진 않았어요? 아팠을 때이기도 한데.

"그 전에는 간단한 잡일만 하고 그랬는데, 하루종일 있을 수 있으니까 본격적으로 일을 맡아보게 된 거죠. 그때는 워낙 광화문 상황이 정신없어가지고 힘든 줄 몰랐어요. 그때 사실 어떻게 버텼는지 모르겠네요."

» 광장에 친 간이 천막에서 별별 일을 다 해줬는데. 사실 열악한 환경이었잖아요.

"여름엔 정말 미칠 듯이 더웠어요. 광장 분수대에서 물 쏘면 거기다 손 적셔서 체온을 식히는 게 다였고. 선풍기도 없고 부채뿐이었어서. 밥 먹으러 식당 가는 게 제일 큰 낙이었어요. 거긴 에어컨 나올 테니까. 잠깐이나마 그 냉기를 누리는 게 그 여름의 유일한 행복이었죠."

» 갑자기 삶이 바뀐 셈인데, 잘했던 공부도 놓고 학교에서의 인정도 못 받게 되고…… 그런 게 아쉽진 않았나요?

"그땐 시키는 대로 하면 잘 사는 건 줄 알아서 그랬던 거구. 아, 그건 진짜 내 삶이 아니구나 생각하고서는 그냥 쉽게 놨어요."

» 별 고민 없이?

"제 성격이 그래요. 감정에 잘 휘둘리고. 단점이기도 한데, 그 선택은 잘했다고 생각해요"

» 원래 한번 결정하면 뒤를 안 돌아보는 스타일인가요?

"아뇨. 후회도 많이 하죠. 그렇지만 이 일엔 후회가 없어요. 같이 공부하던 친구들이 큰 회사에 취업되고, 휴가 때 해외여행 가고 이러면 쩐다, 부럽다는 생각은 들지만 그때 나도 그럴 걸 이런 생각은 안 해요."

» 다른 관점에서 본다면 우등생의 몰락일 수도 있는데, 부모님께서 용케 그걸 용인하셨어요.

"엄마의 철학은 이래요. 네 인생이야. 네가 잘 되면 네가 좋은 거고 못 되면 네가 나쁜 거지.. 중학교 땐 공부를 못 했는데, 수학문제를 4개밖에 못 풀었어도 신경을 안 쓰셨어요. 반대로 고1 때는 전과목 1등급이었는데 그때도 신경 안 쓰셨고. 제가 작년에 독립해 나왔을 때도 엄마가 친구들한테 자랑했대요. 우리 애 성공했다고. 벌써 자립해서 돈 벌고 집에도 부쳐준다고. (웃음)"

노래가 내 활동의 일부라고 생각했어요,
초 꽂고 웹자보 만들 듯이

덤비는 거대한 세상에 맞서 싸우는 사람들(그 뒤에 조용히 숨어서 부르는 비겁한 노래)

당장 내일을 몰라도 계속 싸우는 사람들(내일이 무서워 슬며시 발빼는 비겁한 노래)

망설이다가 망설이다가 결국은 싸움을 계속 하는 사람들

(망설이다가 망설이다가 계속 나는 망설이기만)

아 아 싸우는 사람들(아 아 비겁한 노래)

아 아 싸우는 사람들 뒤에 숨어(아 아 비겁한 노래)

— 장한나 작사 작곡 노래, "응원가:싸우는 사람들, 비겁한 노래"

장한나의 노래들은 10대의 감성을 발랄하게 드러낸 것에서부터 그녀가 뛰어든 새로운 세상에서 느낀 복잡한 심정을 진솔하게 토로하는 것까지 무척이나 폭이 넓고 다양하다. 집회장에서 막간 공연을 맡으면서 '세월호 가수'로 이름이 알려졌지만, 1년에 두 번 여는 개인 콘서트에는 그녀만의 소소한 표현과 절절한 사랑 노래에 감동하는 팬들이 주로 모인다. 우울한 감정을 묘사할 때도 밝고 산뜻한 구석이 있는 장한나의 노래에는 그녀의 소속사 사장이자 그 또한 가수인 백스프의 표현처럼 '반짝반짝 빛나는' 파토스가 있다. "진실은 침몰하지 않는다", "대한민국 헌법 1조" 등으로 유명한 민중가요 작곡가 윤민석이 10분 37초나 되는 큰 곡인 "이름을 불러주세요"[21]를 그녀에게 의뢰한 것은 우연이 아니다.

» 공연은 어떻게 처음에 시작하게 됐어요?

"제가 원래 가수가 되겠다는 생각을 해본 적이 없어요."

» 그런데?

"지금도 그래요. 심심하니까 혼자 기타치고 노래 지어서 놀았던 건데. 청운동사무소 앞에서 세월호 농성할 때 (희생자)엄마들 만나러 갔는데 힘드니까 노래나 좀 들었으면 좋겠다 하시더라구요. 그래서 나 기타 칠 줄 안다고, 다음에 가져와서 불러드리겠다고 했죠. 심심풀이나 되시라고 사적으로 소소하게 (희생자)부모님들 앞에서만 했는데, 차츰 알려지면서 간담회나 문화제 중에도 분위기가 처지면 편하게 저를 써먹은 거죠. 너 노래나 해라 이런 식으로."

» 얼떨결에 무대에 선 거네요. 처음으로 사람들 앞에서 노래한 게

---

21 "진실은 침몰하지 않는다"는 단 네 줄의 가사로 이루어져 있다. '어둠은 빛을 이길 수 없다/ 거짓은 참을 이길 수 없다/ 진실은 침몰하지 않는다/ 우리는 포기하지 않는다'. "대한민국 헌법 제 1조" 가사 역시 '대한민국은 민주공화국이다/ 대한민국은 민주공화국이다/ 대한민국의 모든 권력은 국민으로부터 나온다'의 단 세 줄 뿐이다. 아이의 목소리로 시작되는 이 짧은 노래들은 그러나 명료하고 장엄하여서 시국 집회 때마다 가장 많이 불리고 회자되는 노래이기도 하다. 모두 윤민석이 작사 작곡했다. "이름을 불러주세요"는 세월호 희생자 304명 전원의 이름을 하나하나 나직이 호명하는 노래다.

2014년 여름이었던 건가요?

"얇은 외투를 입고 있었으니까 초가을쯤 됐던 거 같네요."

» 학창시절에도 노래를 곧잘 했었는지?

"아니에요. 그런 쪽으로 눈에 띌 일이 없었어요. 어렸을 때 피아노하고 기타를 배우긴 했지만 그냥 취미였고. 가끔 노래 만들어서 친구들한테 들려주긴 했었는데 음악으로 뭔가를 해볼 생각은 없었어요. 세월호 집회에서 땜빵으로 노래한 게 출발점이죠."

» 사람들 앞에서 노래할 거라고 전혀 생각하지 못했다가…… 이제는 '광화문 가수'로 불리는데.

"(웃음)그러니까요."

» 세월호 집회만이 아니라 온갖가지 사회단체에서 초청하는 가수가 됐어요. 인권위 앞 농성장에서도 불렀고, 기아차 비정규직 집회 때도 노래했고.

"〈금요일엔 돌아오렴〉 북 콘서트에서도 공연했고, 복지단체에서도 불러주시구요. 지역사회복지사 협회에서 송년회 하신다고 출연 요청을 하시기도 해요. (일동 웃음) 연락이 엄청 오는데 다는 못 가죠.

저도 직장 다니니까. 맨날 죄송하다고 거절하는 게 일이에요."

» 본인 노래 중에 사람들이 어떤 걸 제일 좋아하나요?

"'벌써 몇 년 째' 같은 사랑 노래예요. 재생 횟수도 제일 많고 '좋아
요'도 많이 붙고. 공감이 많이 되시나 보더라구요. 사랑 노래 말고
도 생활 노래에 반응이 좋아요."

» 가사가 현실적이고 일상적이어서 공감이 잘 된다는 평가예요.
'토익'이나 '스무 살 피카츄' 같은.

"'토익'은 반응이 아주 열렬했어요. 밝고 빠른 노래인데, 실은 괴로
운 심정을 담고 있기도 하거든요. 그래서 기타도 더 발랄하게 쳤
고. 토익 가사에 눈물이 핑 돌았다, 엄청 울었다는 팬들이 많아요.
저는 에돌아가지 않는 직설적인 가사를 좋아해요."

» "싸우는 사람, 비겁한 노래" 같은 경우에는 이런 얘기까지 고백
해도 될까 싶을 정도로 적나라하게 솔직해요. 예전 민중가요와는
정서가 다른데. 우리가 올인해서 싸울 때도 있고 한편 적당히 비
겁해질 때도 있잖아요. 그런 속내를 어떻게 그렇게 잘 집어내나
싶기도 해요.

"그냥 제 얘기였어요. 농성이 일상이 되고, 유족들이 동료가 됐잖아

123

시대가 원하는 사람이 아닐지라도 : 장한나

요. 처음에는 도와드리려고 광장에 나왔는데, 지금은 내 일이라서 광장에 나온다는 거. 꼼짝도 하고 싶지 않은 날에도 집회는 나가게 됐다는 거. (웃음) 그 심정을 솔직하게 쓴 거죠. 가사에 정직해지면 마음이 편해지는 것 같아요. 세월호가 제 인생을 바꿨는데, 이제 그 일이 내 일이 되었으니까."

» 본인 목소리가 마음에 들어요?

"가끔 들으면, 아, 이건 진짜 좋다, 그렇게 느껴질 때가 있어요.(일동 웃음). 어제도 밤에 잠이 안 와서 기타 치면서 녹음해 가지고 혼자 들어봤거든요. 그랬더니 목소리가 정말 좋은 거예요.(일동 웃음) 내 노래를 계속 들으면서 잠들었어요. 너무 솔직한가?"

» 본격적으로 사람들 앞에서 노래한 게 2년 정도 됐어요. 처음부터 떨지 않았나요?

"어떻게 안 떨어요. 근데 어떡해요. 메꿀 사람이 없다는데. 분향소에 초 꽂고 웹 대자보 만들 듯이 그게 내 일의 일부라고 생각했어요. 초반엔 진짜 하기 싫어서 안 하면 안 되냐고 애원하고 그랬는데 주최 측에서 한 번 만 해달라고, 다신 안 시킨다고 해서. 안 돼, 못 해, 그럴 수 없었어요."

» 자신이 노래에 재능이 있다는 걸 실감한 건 언제였어요?

"저는 사실 목소리만 좋지 노래는 잘 못 한다고 생각했거든요. 그러다 2014년 12월 31일날, '아듀 2014' 광화문 문화제에서 또 노래를 했는데, 누군가 현장 영상을 찍었던 걸 나중에 다른 사람들하고 돌려보고 있는 거예요. 그 중 한 분이 저한테 다가와서는 정말 잘한다며 평생 노래하라고 말해 주셨어요. 그때 알았죠. 나 노래 잘하나보다고."

미래를 묶어두고 그러지 않아요

» 예명이 '김디깅'이고 '디깅'이 지하철 소리라고 페이스북에 써놓았더라구요.

"제가 엄마만 졸졸 따라다니는 '엄마 덕후'라 엄마 성을 따서 예명을 정한 거예요. 20년 동안 아빠 성 썼으니까 앞으로는 엄마 거 쓰자 싶어서. '디깅'은 동생이 알려준 의성어예요. 전철이 역으로 들어오는 소리를 잘 들어보면 '디깅디깅 도공도공' 이렇다구. 좀 특이하죠?"

» 처음엔 단순히 집회 참가자로 왔다가 일꾼으로 또 가수로 역할을 바꿔서 계속 활동한 게 어느새 3년째예요. 그 과정에서 자기 삶이 통째로 바뀌었는데, 감회가 어떤가요?

"초반 집회에서 미수습자 유가족들이 오셔서 발언하는 걸 처음 듣게 됐어요. '자기들 소원은 유가족이 되는 거'라고. 시신을 못 찾으면 유가족조차도 아니니까…… 그때 제가 확 돌았던 거 같아요. 그냥 죄송하고 미안해서 죽겠는 거예요. 마음이 너무 괴롭고…… 그 죄책감을 갚으려고 광화문에 계속 나오게 된 건데, 그 뒤로 점점 더 괴로워지더라구요."

 » 왜요?

"매일같이 나오면서 이제 유가족들하고도 인사하게 됐잖아요. 딸처럼 여겨주셔서 이런저런 얘기도 나누고 시시콜콜한 걱정도 해주시고. 그분들이 TV에서 보던 남이 아니고, 아주 가까운 사람, 내가 잘 아는 사람이 된 거죠. 이제 더 이상 그 일이 '나한테도 언제 일어날지 모르는 무서운 일'이 아니고 '내가 소중하게 생각하는 사람의 슬픈 일'이 된 거예요.

 » 아아……

"그 슬픔은 그저 뉴스로 접했을 때의 감정과 전혀 달랐어요. 아주 깊고 끈끈하고 헤어나올 수 없는 우물같은 슬픔이었다고 생각해요. 운다고 풀어질 수 없는."

 » 세월호가 삶에 들어오면서 삶의 기준이나 세계관이 크게 바뀌었

을텐데.

"지금은 생각이 많아진 것 같아요. 사안을 접할 때마다 이렇게 되물어봐요. 여기에 대한 내 의견이 누군가를 아프게 하지는 않을까. 예전에는 긴 글 읽기 싫어하고 고민하는 걸 싫어했는데. 누군가 부당한 일을 당했다면 헐, 기분 나빠 그러고 끝이었는데 지금은 왜 화가 날까? 가해자의 논리는 어떤가 따져봐요."

» 노래 부르면서 갖게 된 바람이나 소원이 있어요?

"간단한 거. 모두가 제 명을 누릴 수 있으면 좋겠어요. (웃음) 늘 비는 건데, 엄한 걱정 안 해도 되고, 사람이 많이 모여도 안전한 나라. 요즘에 제가 듣는 윤일상씨 노랫말이에요. 제 노래 "눈물"의 가사도 그렇잖아요. 당신에게도 나에게도 더는 눈물 없는 그런 날 왔으면 좋겠다고. 세월호 같은 비극이 다시는 일어나지 않길 바래요. 국가가 국민을 구조하지 않는 게 이번이 마지막이기를. 가해자가 피해자에게 눈물을 멈추라고 강요하지 않는 세상이 되기를."

» 중간에 금융권 노동조합에서 사무국장 일도 맡았어요. 그러다 지금은 4.16연대에서 정식으로 세월호 일을 하게 됐는데. 달리 표현하면 세월호와 관련해서는 국가, 노조로서는 자본을 상대로 싸우는 셈인데. 체제의 가장 큰 권력인 국가와 자본에 맞서 싸우는 심경은?

"(크게 웃으며)저, 돈의 노예에요. 월급날만 바라보고 사는 걸요. 그렇게 거창하지 않아요. 제가 좋아하는 사람들이 필요로 하는 일을 하는 거라서."

» 세월호 일을 언제까지 하겠다, 하는 계획이 있을까요?,

"아뇨. 원래 그런 거 생각 안 해요.(웃음)"

» 언제든 다른 걸 할 수 있다는 뜻?

"그건 아니에요. 다만 정해두지 않았어요. 미래에다가 뭘 묶어 놓고 그렇지는 않아요. 내키는 대로, 되는 대로 살 거예요."

» 한국은 지독한 경쟁사회, 계급사회이기도 한데, "토익" 노래 가사처럼 대학교 1학년때부터 입사준비를 해야하는 상황이고. 예기치 않게 비주류로 살게 된 셈인데, 불안하지는 않나요?

"어차피, 쎄빠지게 노력해도(웃음) 별로 달라질 건 없을 거예요. 일종의 체념일수도 있죠."

» 이제 20대 초반이라 마음만 먹으면 다시 주류에 편입하기 위해 경쟁에 뛰어든다해도 늦은 건 아닌데. 고등학교 때까지만 해도 우등생이었고. 그럴 생각이 아예 없는 거죠?

"촉망받는 미래가 있는 (웃음) 그런 애였죠. 타인의 기대에서 놓여나니까 참 편하더라구요. 우연히 공부를 잘했던 거 뿐이지 그게 제가 좋아하는 일도 아니었고. 좀 가난하게 살더라도 마음 편하고 하고 싶은 거 하면서 살려고 해요."

　》 그건 체념이라기보단 긍지인데. '나는 비싼 거 필요 없어', '나는 밥만 먹을 수 있으면 돼', '그 대신 내 가치를 지킬 거야'는 단단히 믿는 구석이 있을 때 할 수 있는 말이잖아요?

"제가 엄청 여유로운 건 아니지만 내 벌이로 유지하는 방이 있고, 굶어죽지 않을 만큼은 먹고 사니까 괜찮은 것 같아요. 당장 쫓기는 삶이 아니니까."

　》 일찍 독립해서 몸에 밴 자립심인가요?

"네. 그런 것도 있고 공연하면서 확신을 좀 받았어요. 첫 콘서트 때 관객이 좀 들었는데, 지인들 몇 빼고는 다 순수하게 노래 들으러 온 처음 보는 사람들이었어요. 수입도 괜찮았고. 내가 노래를 부지런히 하면 나중에는 정말 이걸로도 살 수 있겠구나 싶었어요."

　》 마지막으로 하고 싶은 말이 있다면?

"내년에는 텅 빈 광화문 광장을 집에서 TV로 보고 싶어요. 3년째 광화문에서 복작거리고 있으니까 지금과 전혀 다른 풍경을 마음 편한 심정으로 볼 수 있으면 좋겠어요."

» 텅 빈 광장? 아, 해결돼서 말이죠?

"네, 깨끗이 해결돼서."

마지막 질문에 대한 그녀의 대답은 한동안 침묵을 불러왔다. 바람은 선명했지만, 현실이 여전히 팍팍하고 강고해 상상하기 쉽지 않았기 때문이다. 그러나 광화문 세월호 광장에 분향소 천막이 사라진 풍경은 더 나은 한국 사회를 이루기 위해 우리가 반드시 통과해야 할 거점이기도 하다. '세월호로 인생이 바뀐' 장한나의 눈은 확고하게 그 미래를 내다보고 있었다. 그때까지 그녀는 결코 한눈팔지 않을 셈으로 보였다.

여의도의 노조에서 일하게 된 그녀를 처음 만났던 2016년 4월에, 우리는 인터뷰 할만한 조용한 카페를 찾지 못해 부근의 아파트 단지 내 벤치에 앉아 이야기를 나눴다. 때는 한봄이어서 벚꽃이 가지마다 멍울져 피었고, 바람이 불 때마다 잎들을 쏟아내며 주위를 온통 연분홍빛으로 물들였다. 속도 모르고 계절은 아름다웠다. 마치 등롱처럼 나무마다 환하게 켜진 벚송이들을 보면서 황홀하다 느끼면서 동시에 미안해졌다. 우리만 살아남았다 생각했던 까닭이다.

'영석 아빠' 오병환씨를 오래 지켜본 지인은 오씨가 외아들의 유골함을 어루만지며 이렇게 얘기하는 것을 들었다고 했다. "아빠가

싸움하고 나서, 그 다음은 내가 결정할게."[22] 지인은 '그 다음'이 어떤 것인지 차마 물어볼 수 없었다 했다. 그랬을 것이다. 누구도 감히 물을 엄두가 나지 않았으리라.

'영석 엄마' 권미화씨는 벚꽃이 싫다고 했다[23]. 봄이 싫다고. 이유를 묻는 사람은 아무도 없었다. 그저 고개만 끄덕일 따름이었다. 2016년 우리가 맞닥뜨린 봄은 별 일이 없었다면 영석이가 대학 캠퍼스에서 맞았을 스무 살의 봄이었다.

봄은 아름다운가? 그럴 수도, 아닐 수도 있다. 해마다 찾아오는 봄이 너무나 고통스러운 사람들이 있다. 처음엔 그분들을 위해 장

22 주간경향 1099호 2014년 11월 4일자 기사. "세월호 200일 남은 사람들 가슴이 덜컥 내려앉는다" http://weekly.khan.co.kr/khnm.html?mode=view&code=115&artid=201410271833141

23 한겨레 2015년 4월 7일자 기사 "세월호 유가족 416시간 연속 농성" http://www.hani.co.kr/arti/society/society_general/685803.html

한나는 노래했다. 지금은 그 이상 자신을 위해, 자신의 노래를 좋아하는 사람들을 위해, 광장에 나오는 시민들을 위해 그녀는 노래 부른다. '당장 내일을 몰라도 거대한 세상에 맞서'(장한나 노래 "응원가: 싸우는 사람 비겁한 노래" 가사 중에서) 그녀는 노래로 싸운다. 비록 스펙도 별 거 없고, 가진 것도 많지 않으며, 딱히 대단한 이력도 없지만 노래한다. 그게 제 일이라고 생각해서, 여전히 떨리고 긴장되지만 오늘도 진심을 들려준다. 시대가 원하는 사람이 아닐지라도[24], 그녀는, 한다. 싸운다. 노래한다.

---

24 장한나 작사 작곡 노래 "시대가 원하는 사람이 아닐지라도" https://soundcloud.com/kimdiging/coc1dutqgnue

잊지 않을게, 절대로 잊지 않을게

그때도
저는
엄마니까요

회사원이자 416 약속지킴이 _ 이경숙 (1972년생, 서울시 도봉구 방학동)

"큰 아이가 고3이라 새벽에 학교 갔다가 늦게나 집에 돌아와요. 제가 초저녁 잠이 많아서 아이가 들어오는 걸 기다리지 못하고 먼저 잘 때가 많거든요. 어느 때는 그렇게 3, 4일간 큰 애를 못 본 거예요. 그러니까 갑자기 아이가 너무 보고 싶더라구요. 그럴 때 갑자기 먹먹해져요. 고작 3일만 못 봐도 나는 이렇게나 아이가 그리운데, 돌아오지 않는 자식을 기다리는 유가족들 마음은 어떨지…… 애들이 아플라치면 엄마아빠들은 차라리 내가 아팠으면 싶잖아요. 그날 아이 대신에 내가 잘못 되었으면 좋았을텐데 라고 그분들이 생각하고 계실 것만 같아서……"

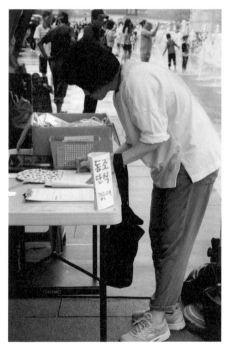

단식 참여자 명단에 이름을 적어넣고 있는 이경숙씨

'세월호'와 관련된 정부의 공식 활동은 전부 표류했다. '유민 아빠' 김영오씨가 46일간이나 단식하며 650만 국민의 서명을 받아 요구한 4·16세월호 참사 진상규명 및 안전사회 건설 등을 위한 특별법(이하 '세월호 특별법)은 박근혜 대통령과 여야 합의로 국회를 통과했으나 2년여가 지난 지금까지도 약속했던 '상시 특검'이 이루어지지 않고 있다. 그해 여름 국회에서 열린 국정조사는 집권당의 훼방으로 청문회조차 열지 못하고 흐지부지 끝났다. 수사권과 기소권이 삭제되고, 관련 공무원의 출석을 강제할 수도 없는 반쪽짜리 조사권만 가지고 출범했던 4·16세월호참사 특별조사위원회(이하 '특조위')는 정부가 인력과 예산을 토막 치며 노골적으로 방해한 끝에 규정된 활동기간조차 채우지 못하고 11개월만에 해체됐다. 참사 직후부터 현재까지 국가 차원의 세월호 진상규명 작업은 사실상 없었던 것이나 마찬가지다.

특조위가 폐쇄되고 한 달 쯤 지난 2016년 7월 27일, 특조위를 총괄하는 이석태 위원장이 광화문 세월호 광장에서 단식에 돌입했다. 다른 건 몰라도 법에 명시된 조사 기간만큼은 보장해 달라는 요구였다. 장관급 공직자가 농성에 들어간 것은 건국 이래 처음 발생한 사건이다. 이에 사회단체와 일반 시민들이 잇따라 지지를 표명하며 광장에 모여들었다. 자리를 함께하지 못한 네티즌들도 SNS를 통해 응원의 뜻을 밝히고 릴레이 단식을 이어갔다.

2016년은 기상 관측 이래 지구가 가장 뜨거운 해였다. 남한 역시 사상 최대의 폭염에 휩싸였다. 매일같이 역대 최고 기온을 경신했고, 비도 거의 내리지 않았다. 광장에 쏟아지는 땡볕은 살인적이었다. 혹서기 중의 혹서기로 한국인이 가장 많이 피서를 떠난다는 8월의 첫째 주 토요일 오후, 세상이 온통 용광로 속 같던 그 하루 무덥던 날에 이경숙씨를 만났다. 그녀가 정해준 약속 장소는 특조위 단식과 동조 단식 참여 인파로 북적였던 광화문 세월호 광장이었다.

참다 참다 더 이상은 못 참겠어서

» 소속이 416 약속지킴이 도봉모임(이하 '도봉모임')이라고 하셨는데, 그 동네 주민들로 꾸려진 모임인 거죠? 도봉구에서는 오래 사셨나요?

"네. 도봉구 토박이인 셈이에요. 태어나서 학교 다니고 결혼해서 잠시 이사했다가 아이 낳고는 도로 이쪽으로 돌아왔죠. 아버지는 제가 어렸을 적에 일찍 세상을 뜨셔서, 엄마 혼자 키우셨어요."

» 지금 가족 구성이 어떻게?

"남편과 고3 큰아들. 고1 작은아들이 있어요. 친정엄마도 같이 살구요."

» 지금 하시는 일은 어떤 건가요?

"소프트웨어 관련 회사에 다녀요. 10년쯤 됐어요. 고등학교 졸업하자마자 직장 생활을 시작해서 결혼하고 둘째 아이 낳을 때까지 회사에 다녔어요. 그러다가 육아 때문에 잠깐 쉬었는데 남편 사업이 엎어져서 제가 벌어야만 하는 상황이 됐죠. 그때 빚도 좀 졌는데 다행히 다시 취업이 돼서 지금껏 다니고 있어요. 회사에서는 홍보 조사 업무를 맡고 있어요."

» 10년 차 회사원이면 정규직이신가요?

"지금은요. 재취업한 직장은 예전에 다니던 회사였는데 계약직이었어요. 당장 벌지 않으면 먹고 살 수가 없는 상황이라 계약이 끝나가니까 불안하고 초조해지더라구요. 혹시나 해서 미싱일이나 천연비누 만드는 법도 배웠죠. 그때는 (경제적으로)막막했어요. 막막했는데 운 좋게 지금 직장에 정규직으로 들어가서. 그렇다고 사정이 확 좋아진 건 아니고요. 지금도 빚을 갚는 중이에요."

» 아이들도 사춘기 즈음이고, 채무도 있고, 회사 일에, 집안 일에…… 짬을 내기가 쉽지 않으셨을 텐데, 어떻게 세월호 일에 나서게 되셨는지?

"참사 당일날 회사에서 뉴스를 봤는데, 당연히 구하겠지 했어요. 별일 없겠지 싶었고. 일이 계속 밀려있던 때라 화장실 갈 때도 뛰어다닐 정도여서 야근하고 밤늦게 퇴근했는데, 예상과 전혀 다르게 상황이 돌아가고 있어서…… 그래도 구조를 하는 중이라 믿었으니까. 믿었는데. 이렇게까지 될 거라고는 생각 못 했죠. 그때 회사가 줄 야근. 매일 야근이었어요. 출퇴근 때 팟캐스트, 뉴스타파, 국민TV 들으면서 펑펑 울었어요. 그때는 울 수밖에 없더라구요. 그냥 화가 나고, 억울해서 못 살 것 같았어요. 그러다 가을쯤부터 세월호 추모 집회에 나왔어요."

» 회사 일이 줄어들면서 시간이 좀 나셨던 건가요?

"아뇨. 회사는 늘 일이 많은데, 가을부터 연말까지는 특히 바빠요. 바쁜데, 그때는 도저히 참을 수가 없더라구요. 더 이상은 안 되겠다 해서 나간 거죠. 어떻게 이렇게 황당한 일이 벌어질 수 있을까…… 인터넷에서 후지TV의 세월호 동영상[25]을 봤는데, 정말 충격적이었어요. 선내가 90도로 기울어지고, 학생들이 뛰어올라 창문을 쿵쿵 치는데 해경은 외면하고…… 이걸 뒷 순위로만 미뤄둘 수 없다. 그래서 상황은 안됐는데 여건을 만들어서 집회에 나갔어요."

» 성격이 적극적인 편이신가 봐요.

"그렇진 않아요. 오히려 좀 둔한 쪽이에요(웃음). 재취업했을 때도 집안 사정이 좀 암울한 편이었는데, 워낙 단순하고 잘 까먹는 성격이라 그냥 열심히 하면 되겠거니 생각했어요. 제가 제일 잘 하는 게 그거거든요. 머릿수 채우는 거, 박수치는 거. 이거라도 해야겠다고 마음먹은 거 뿐이에요."

» 도봉 모임에는 어떻게 참여하시게 된 건지.

---

25 후지TV의 'Mr.Sunday' 프로그램의 "세월호 침몰의 실상"편. 현재도 시청가능하다. http://tvpot. daum.net/v/v15c0NNtk5uG5qyHy5Nkkzz

"2014년 가을부터 쭉 집회에 나왔는데 광장에 나오면 깃발이 많잖아요. 예를 들어 세월호를 생각하는 수원 모임, 성남 모임…… 그런데 도봉 깃발은 없는 거예요. 속상했어요. 왜 우리 동네는 저런 것도 없지? 그러다 2015년 초에 영화 '다이빙벨'을 지역에서 상영한다고 하더라구요. 우리 동네에서 이런 것도 해? 반가웠어요. 저는 이미 봤는데, 열심히 준비한 사람이 있으니까 머릿수라도 채워줘야겠다 그런 생각이 들어서 또 보게 됐죠."

» 이미 본 영화인데, 한 번 더 보셨군요.

"행사 뒤에 방명록을 적고 있는데, 도봉에 세월호 관련 모임이 있다며 앞으로 지역 활동 소식을 휴대폰 문자로 받아보겠냐 묻는 거예요. 저는 완전 오케이죠(웃음). 그 뒤로 연락이 오더라구요. 참사 1주기 추모행사 준비를 한다고. 주민들이 지역에서 꾸준히 활동하신다는 걸 처음 알았던 거죠. 내가 몰랐던 거네, 부채감이 생긴 거예요. 운영 회의를 하려는데 참석할 수 있는지 물어와서…… 그때부터 끼게 된 거죠."

도봉모임은 매주 금요일 저녁 창동역에서 서명을 받는다. 벌써 2년을 훌쩍 넘겼다. 직접 만든 리본을 나누고 피켓도 든다. 물에 잠긴 세월호 속에 아직 사람이 있으며, 진상을 규명하고 책임자를 처벌해 같은 실수를 반복하지 않도록 하는 작업이 피해자들만의 일이 아니라 사회 전체의 몫임을 알린다. 세월호 유가족 육성기록집

이경숙씨가 416 약속지킴이 도봉모임에서 활동하는 모습, 출처 : 이경숙씨 페이스북

〈금요일에 돌아오렴〉이나 세월호 생존학생과 형제자매들의 고백담 〈다시 봄이 올 거예요〉 등의 책이 나오면 유족과 작가를 초청해 북콘서트를 열기도 한다. '나쁜 나라', '업사이드 다운' 같은 세월호 영화를 함께 보는 자리도 만든다. 매년 4월 추모 주간을 정해 지역에서 희생자를 기리고 주민들과 더불어 기억하고 다짐하는 행사를 연다. 지난 2주기 추모제에서는 간이 분향소를 설치했으며, 거리 행진도 벌였고, 성당 신부님들과 함께 특별 미사를 진행했다. 구청과 교섭해 공연장을 빌려 아이들과 학생들, 학부모들이 저마다 세월호를 노래하는 특별 공연까지 펼쳐 열띤 호응을 받았다. 특히 인상적이었던 일은 '도봉구 노랗게 물들이기'라고 해서, 인근의 주요 도로에 일일

이 리본을 매달아 차가 지나갈 때마다 온통 노란 물결이 휘날리도록한 일이었다. 단 일주일간의 행사였지만 그걸 준비하는 데는 몇 달씩 걸렸다. 이경숙씨는 도봉모임 2주기 추모제의 총 기획자였고, 매일같이 기획을 회의하고 가다듬고 실행하느라 겨울 내내 집 밖에서저녁을 보냈다.

사회문제에 관심만 있었던 사람

» 창동역에서 매주 벌이는 선전전은 어떻게 준비하시나요?

"금요일마다 서명받는 거는, 주초에 준비를 다 해놔요. 유인물도가져가야 되고. 서명지, 피켓도 준비해야 되고, 집회신고도 미리해두어야 하고. 제가 회사가 가락동이어서 꽤나 멀거든요. 수요일이나 목요일쯤 필요한 짐을 정리해 묶어놓고 사진을 찍어서는 내일 창동역으로 옮겨주세요 라고 먼저 오실 수 있는 분에게 문자를보내죠. 그리고 저는 금요일 퇴근 후 창동으로 직행해서 같이 하는거예요."

» 그 외에도 활동이 많으신 걸로 아는데.

"다른 데서 세월호 행사가 있으면 머릿수 채우는 걸 해야 되니까가고. 이번 주만 해도 한 끼라도 단식을 해야 할 거 같아서 금요일

빼고는 나왔고. 그 전에도 특조위 강제종료 건으로 유족분들이 정부청사 앞에서 모이셨을 때도 저녁마다 머릿수 채웠고. 토요일에는 항상 집회가 있으니까 토요일 저녁은 또 없고. 저 '무한도전' 되게 좋아하는데. (일동 웃음)"

» 세월호 집회는 거의 다 참여하시는 거죠? 얼마 전에는 단원고 교실 이전 문제도 있었는데 안산에도 가셨나요?

"매일은 못 가고 그 주에 한 세 번? 금요일은 또 도봉에서 서명을 받아야 하니까."

» 정말요? 회사 끝나고 안산 들렀다 집에 가신 거예요? 거리가 멀어서 체력적으로도 힘드실 텐데.

"힘들긴 했어요. 왕복 4시간 코스니까. 퇴근하고 2시간 걸려서 안산 가고, 안산에서 집까지 또 2시간 지하철 타고 가야 하니까. 막상 가서는 몇 시간 못 있어요. 다음날 또 출근해야 돼서. 아무튼 상황이 될 때마다 갔었고, 그 주에 또 '엄마랑 함께 하장'²⁶ 그런 것도 있고 그래서. 뭐가 제일 원망스럽냐면, 회사가 원망스러웠어요."

---

26 세월호 희생자 합동분향소가 자리한 안산 화랑유원지에서 열리는 나눔장터로 유가족들이 만든 물품을 판매하며 수익금은 인근 지역아동센터에 기부된다.

» 이유가?

"그냥 강남에 있었으면 그렇게까지 멀진 않았을 텐데 괜히 이사해 가지고 나를 이렇게 힘들게 하나.(일동 웃음) 송파로 옮긴 게 지금도 매주 서명받을 때마다 힘들어요. 회사에서 창동까지 빠르면 1시간 10분 정도 걸리는데, 4개 노선을 계속 갈아타야 되거든요. 시간을 맞추려고 환승할 때마다 뛰어다니고 그러니까 힘들어가지고. 마음만 급해서."

» 가깝든 멀든 필요한 곳마다 찾아가고 계신데, 전에도 집회 경험이 있으셨나요?

"2012년 한진중공업 희망버스 때가 처음이었어요. 아니다. 2011년 한미 FTA 반대집회가 처음이었나 봐요. 적극적으로 뭘 했다기보다는 그런 쪽에 관심만 있었어요."

» 시위에 처음 나가보니 어떻던가요?

"그냥 간 거라 아는 사람도 없고. 깔개라 그러나? 앉을 것도 다 준비를 해가야 되는데 저는 그냥 멀뚱멀뚱 서서 박수치다가 왔고. 나중에 누군가랑 같이 오고 싶다는 생각을 했죠. 혼자 뻘쭘하니까.(웃음) 퇴근하고 바로 가서 허기지고 한데 같이 밥 먹을 사람이 없더라구요."

» 어색했고 외로웠는데 다음에도 또 나오셨어요.

"그때는 계속 내 옷이 아닌데 내가 입고 있는 듯한 느낌이 들기는 했어요. 근데 어쩌겠어요. 다른 사람들이 안 움직이니까 저라도 움직여야죠. 가끔 회사 동료를 졸라 함께 가보기도 했는데 다 제 마음 같지는 않더라구요. 혼자 가는 게 편하구나 라고 생각을 해서 어느 순간에 그냥 놓고. 그 뒤론 계속 혼자."

» 한미FTA 반대 집회와는 또 다르게 한진중공업 희망버스 때는 아주 살벌한 분위기였잖아요. 경찰이 강경 대응을 예고한 상황이었고. 용역이 쇠파이프 들고 서 있는 공장에 들어간다는 자체가 위협적인데. 내가 다칠 수도 있는 거잖아요?

"그랬죠. 희망버스로 부산에 도착해서도 공장으로 바로 못 가고, 각자 알아서 현장에서 집결해야 했거든요. 경찰이 검문하고 길을 봉쇄하고 있어서…… 제가 지리를 잘 몰라서 택시로 이동했어요. 바짝 긴장해서 가는 중에 공장 근처에서 경찰이 택시를 가로막고는 당장 내리라고…… 다행히 다른 분들이 근처에 계시길래 무작정 따라갔어요. 길을 헤매야 되는 게 참 힘들더라구요. 이제 나는 아는 데만 가야겠구나. (일동 웃음)"

» 무섭지 않으셨어요?

"살벌했죠. (웃음) 그치만 일반적인 촛불문화제나 이런 거는 제가 맨 앞에 설 일도 없고. 말 그대로 정말 박수 쳐주고. 내 마음도 당신 마음과 같아요 응원하고 그런 수준이니까 그 정도는 충분히 할 수 있어요. 어차피 집에 있어도 그 시간에 TV를 보거나 쉬거나 이런 시간인데 차라리 숫자 한 명이라도 더 보태주자 그런 생각이었어요."

남다르진 않아요

» 세월호 참사 초기에는 국민들 성원이 대단했잖아요. 그래서 최단 기간에 650만 명 서명도 받았고. 지금은 아무래도 열기가 덜한데. 선생님은 지금도 삶의 1순위를 세월호에 두고 계시잖습니까. 그 이유가 뭔가요.

"제가 지역 활동을 열심히 하는 것도, 앞서 활동하신 분들이 많이 지쳐있는 상태일 거거든요. 그러니까 나라도 더 열심히 해야지 그런? 저 좀 영웅같이 보이나요? (웃음)"

» 옆 사람이 지쳐 하면 나도 지치는 게 일반적인데, 저 사람이 지쳤으니 나라도 해야겠다는 마음이 각별하다 싶은데.

"우리 사회에 오랫동안 싸워온 사람들이 굉장히 많잖아요. 5.18도 그렇고, 노동문제도 그렇고…… 지금도 곳곳이 전쟁터고. 세월호뿐 아니고 백남기 농민(인터뷰가 있었던 2016년 8월에는 백남기씨가 아직 중환자실에 계실 때였다, 역자주), 갑을오토텍…… 이게 하루 이틀도 아닌데 계속 싸웠던 분들은 지칠만 하긴 해. 이제는 내가 해야지. 그동안 나는 안 했으니까. 나라도 이걸 우선순위로 잡고 지친 사람들 몫까지 열심히 해야지…… 말해놓고 보니 거창해 보이네요. (웃음)"

» 매주 해야 할 다른 일이 계속된다는 게 부담스럽진 않으세요?

"제가 정말 더위를 많이 타요. 거의 죽거든요. 사실 작년 여름에는 정말 못 버티겠더라구요. 집회에 못 갔어요. 올해는 한 해가 더 지났잖아요. 그만큼 사람들이 힘이 더 빠졌을테니까."

갑자기 그녀는 쑥스러운 듯 고개를 숙이더니 이내 말을 이었다.

"그냥 제가 잘 하는 일 하는 거예요. 내가 오려면 올 수 있는 상황이니까, 올 여건이 안되면 와야만 할 이유를 만들어서 오구요. 주말마다 열리는 추모 문화제더 참석자가 많지 않으면 유가족들이 얼마나 속상하시겠어요. 도봉모임도 그런 마음이거든요. 참사 2주기 때도 비가 억수같이 퍼부었는데 시민들이 광화문에 많이 오셨잖아요. 다 같은 마음이었을 거라고 생각해요. 비 때문에 다른 사람들이 안 오면 어쩌지, 나라도 가야겠다. 남다르진 않은 것 같아요."

2주기 추모제 장소였던 2016년 4월 16일의 광화문 광장은 아침부터 폭우가 쏟아졌다. 전날부터 준비했던 의자를 걷었고, 행사 일정도 줄여야 할 것으로 예상했다. 그러나 결과는 반대였다. 시민들 수만 명이 거센 비바람을 뚫고 광화문을 찾았다. 꽃을 바치겠다고 분향소 분향소에서 차례를 기다리는 대기열만 해도 몇 백 미터에 달했다. 근방의 우비가 모두 동날 정도였다. 그날, 시민들은 분명 남달랐고 또 남다르지 않았다.

아이들과도 한 마음으로

» 집에서 아이들이 엄마를 뺏겼다고 불평하진 않나요?

"아이들이…… 아이들도 같은 마음이었던 거 같아요. 제가 팔찌를 집에 가져갔는데, 할래말래 얘기도 안 했는데 엄마 나 그거 해도 돼? 자식이어도 좀 그런 거예요. 하고 다녀줬으면 좋겠는데 싫다고 하면 어떡하지? 보란 듯이 마루에다 놓아두긴 했는데."

» (웃음) 자식이라도 강요할 순 없는 거니까.

"근데 아이들이 엄마 나 이거 해도 돼? 그러더라구요. 하면 좋지,

해서 큰 아이는 항상 팔찌 차고. 작은 아이는 리본, 배지를 가방에 달고 다니고. 엄마 때문에 억지로 하는 거 아니야? 했더니, 이건 당연히 해야지 라고 말하더라구요. 고마웠어요. 정말 고마웠어요. 2주기 행사 준비할 때도 친구들 데려와서, 구청 공연장에 의자 깔고 현수막 붙이고 한 몫을 단단히 했죠."

» 회사에서도 이경숙씨가 세월호 활동하는 걸 아시나요?

"네. 제가 리본 통을 회사에 놓아두고 나눠주기도 하니까…… 직장에서는 많이들 알고 있어요. 저희 회사가 국가사업을 수주하기도 해요. 그래서 청사에 들어갈 때 리본을 달고 가는 게 괜히 꺼려질 때가 있긴 한데, 쫄지 말자고 혼자 마음을 다지고 있어요. 회사 동료나 정부쪽 담당자가 싫어할 수도 있겠죠. 있겠지만 생각할 자유는 누구나 있는 거니까. 표현할 자유도 있는 거고. 앞으로도 저는 제 색깔과 의지를 마음껏 드러내고 살고자 생각하고 있어요."

» 본인이 둔하고 감정을 드러내지 않는 편이라셨는데 참사를 계기로 성격이 바뀐 건가요?

"그렇죠. 제가 활동을 하면서도 제 주장을 강하게 펼치거나 그런 편이 아니에요. 원래 말주변도 없구. 근데 정부여당에서 유가족들을 이상한 쪽으로 몰아간 게 있어요. 돈에 환장한 사람들이라느니 특조위도 세금 도둑이라느니 억지 쓴다느니……"

» 심지어 여당측의 국회 세월호 국정조사 특위위원장이 유언비어를 카톡으로 퍼날[27]랐죠.

"그러다보니까 정부는 제 역할을 다 하고 있는데 유가족들이 만족을 못 하는 것처럼 왜곡된 측면이 있거든요. 그거는 아니라는 거죠. 그래서 내 역할은 그걸로 해야지 마음먹었어요. 조작과 사실을 구분해 말해주는 거. 전에는 잘 못 했는데 참사 이후에는 이건 이거고 그건 아니야라고 누구에게나 꼭 얘기해요."

» 시민들 서명을 받을 때도 그런 이야기를 해주시나요? 딴지를 놓는 사람들도 있을 텐데.

"없을 수는 없죠. 완고한 어르신들이 있는데, 물론 그분들을 이해 못 하지는 않아요. 뉴스에서 그렇게 떠들어 대니까 그럴 수밖에 없고. 제가 홍보요원이 돼야겠다 생각을 한 게 그래서고. 어떤 날은 제가 리본을 나눠드리고 있는데, 어르신 한 분이 저를 보고 혀를 끌끌 차더라구요. "그렇게 안 생겨 가지고……" (일동 웃음) "제대로 일해서 돈을 벌어라! 이러는 거예요."

» (웃음) 어이가 없으셨겠어요.

---

27   2014년 7월 20일 오마이뉴스 기사. "(심재철 국조 특위 위원장이)세월호 특별법을 악의적으로 왜곡하고 있다……" http://www.ohmynews.com/NWS_Web/View/at_pg.aspx?CNTN_CD=A0002015371

"그때가 어버이연합이 정부에서 돈 받은 거 들통나서는 보수집회는 2만 원, 진보는 5만 원 받는다고 황당한 거짓말을 내세웠을 때였어요. 그런 일을 당하면 화내시는 분들도 있지만 저는 무시하는 편이에요. 사실을 알면 저 사람들도 그러지 않을 거야 하는 생각이 더 많아요."

　» 사람을 상대하는 일이라 그런 자잘한 스트레스가 있겠네요.

"창동역 역에서 리본 나눔했을 때 이런 적이 있었어요. 받겠다는 분한테만 드리는데, 굳이 그걸 받아서 홱 집어던진 남자분이 계셨어요. 안 받으면 되는데 굳이 달라고 해서는 보란 듯이 그걸 던져버리는 거예요. 순간적으로 화가 치밀어서 쫓아가려고 했어요. 버린 리본부터 줍는 동안 그분이 다행히 빨리 도망가셔서.(일동 웃음) 붙어서 싸웠으면 사실은 나도 무서웠을텐데…… 그거 말고는 스트레스 받는 일이 많지는 않았어요."

　» 세월호 참사에서 가장 분노했던 일은 어떤 건가요?

"배가 완전히 침몰하기 전에 공기를 주입한다고 했는데, 그게 인체용이 아니고 공업용이었던 거[28]. 그 얘기를 듣고 정말 치가 떨려

28　이데일리 2014년 6월 30일 기사 "세월호 '에어포켓' 쇼였다… 인체에 유해한 공기주입" http://www.edaily.co.kr/news/NewsRead.edy?SCD=JG31&newsid=02358326606126968&DCD=A0070 3&OutLnkChk=Y)

서…… 그때만 해도 아직 그분들이 살아있을 가능성이 많았던 때였잖아요. 숨 쉴 공간이 있을 거라고 믿었으니까. 그래서 우리가 다이빙벨이라든가 이런 것도 빨리 투입해야 된다고 했던 거고. 그런데 오히려 사람한테 해로운 공기를 버젓이…… 구조를 하는 척 시늉만 했던 거잖아요. 어떻게 그럴 수가 있나요? 진짜 울화가 치밀어서…… 그것 말고도 세월호 문제는 어느 하나 속시원히 납득이 되는 부분이 없어요."

중요한 건 사람이 되는 것

» 큰 아이가 고3, 작은 애가 고1이니까 애들 입시가 제일 큰 관심사일법도 한데요.

"얼마 전에 큰 애가 자기는 열심히 하는 것 같은데 성적이 안 오른다면서 막 울더라구요. 그래서 제가 그런 얘기는 했어요. 명문대학 가는 거보다 제대로 된 사람이 되는 게 더 중요하다. 너는 크면 네 역할을 해야 되고 남한테 폐 끼치지 말아야 되고. 제대로 된 생각을 갖고 크는 게 더 중요하다라는 얘기를. 엘리트 코스 밟았다고 사회생활, 가정생활이 저절로 잘 돌아가는 건 아니라고. 너는 그냥 배짱을 가지고, 부끄럽지 않게 살면 된다 얘기를 해요."

» 큰 아이는 장래희망이 뭔가요?

"정치가가 되고 싶대요."

» 정말요? 엄마 영향을 받은 거 아닐까요?(웃음)

"지금 세상이 너무 말이 안 되니까 그런 생각을 하는 거겠죠. 그 전에는 저한테 그런 얘기도 했었어요. 엄마 이민 가자, 이렇게는 도저히 못 살겠다고. 자기가 보기에도 어른들이 불합리한 게 너무 많은 거예요. 강물은 썩어가고 있고, 경쟁도 너무 가혹하고…… 그래서 도피하는 식으로 이민을 가고 싶다고 얘기를 한 거 같애요. 근데 제가 딱 잘랐죠. 난 싫어. 우리나라에서 살 거야. 그러면 나라를 바꿔야겠다 그렇게 생각하지 않았을까요?"

» 작은 아이는요?

"원래는 둘째가 정치가가 되겠다고 그랬거든요. 서울시장까지 해보겠다 계획이 빵빵하더라구요. 어른들한테 인사도 잘하고 애가 원체 넉살이 좋아요. 일단 도봉구청장부터 시작해 보지 뭐. 그러다가 요즘에는 좀 바뀌어서 학교 매점 아저씨를 하겠다고.(일동 웃음) 반전이죠."

» 왜 갑자기 매점 아저씨로?

"제 생각에 십 분 일 하고 오십 분을 쉬어도 되니까…… (일동 웃음)

투입하는 시간 대비 효율이 높다고 생각을 했나 봐요."

아무리 오래 걸려도

» 야망이 큰 아드님 둘을 키우고 계시는데, 그 아이들이 어떤 세상
을 만들어갔으면 좋겠어요?

"지금은 상식이 안 통하니까 아닌 건 아니라고 당당하게 말할 수
있는 세상이 됐으면 좋겠어요. 제가 매주 서명을 받잖아요. 되게
놀라웠던 게 20대 총선으로 여소야대가 된 직후에 젊은 층, 20대
친구들의 반응이 달라진 거예요. 전에는 서명만 해주고 그냥 지나
쳤는데, 그때는 우리한테 다가와서, 이게 아직도 안 됐다는 거예
요? 말도 안돼요, 꼭 해결되야죠, 이러는 거죠."

» 작지 않은 변화네요.

"서명 용지를 보면 자기 의사를 적는 란이 따로 없어요. 서명 자체가
의사 표현이니까. 그런데도 진상규명을 꼭 해야 한다고 빈칸에 적는
분이 있는가 하면, 박근혜 정말 나쁘지 않냐 이런 얘기를 듣게 되면서
기분이 참 좋았어요. 여당이 패배할 거라고는 생각 못 했잖아요. 이게
승리한 사람들이 맛보는 환희였던 거 같아요. 자기들이 참여해서 세
상이 바뀌었다고."

» 이 싸움으로 정말 세상을 바꿀 수 있을까요?

"음…… 바꿀 수 있겠죠. 왜냐면 저 같은 사람, 활동하는 사람은 일부지만 권력을 잡은 세력이 악독하게 지배하고 있고. 그래서 내가 목소리 내면 정 맞을 것 같고 하니까 침묵하는 거고. 잘못된 정보 때문에 모르고도 있는 건데. 사실 어제도 서명하시라고 리본을 나눠드리는데, 제가 되게 착한척 하면서 하거든요.(웃음) 오늘 참 덥죠? 이러면서. 진짜 더웠는데 많이들 서명해주시더라구요. 아직도 해결 안 됐어? 당연히 해결된 줄 알았는데 아직도 안 됐냐고 그러시면서."

» 그래요?

"활동 중에 제일 인상 깊었던 분이 나이 드신 할머니셨는데, 제가 꼭 서명을 부탁드렸어요. 왜냐면 젊은 층만 서명을 받을 순 없잖아요. 이게 잘못됐다는 걸 짚어주고, 그분들도 역할을 할 수 있게끔 만들어드려야 한다고 생각하거든요. 할머니가 오셨는데 한글을 모르시는 거예요. 그러면 제가 어르신 성함을 대신 적어드릴까요? 그랬더니 아, 그래 주면 좋지 하시더라구요. 해드렸더니 저한테 너무 고맙다시면서 고맙다고, 정말 고맙다고 몇 번이나 저한테 인사를 하고 가시는 그런 분들도 있거든요. 할아버지 할머니들 되게 고리타분하고 박근혜만 좋아하고 이렇게 생각하는데…… 그건 아니라는 거죠. 어르신, 아직도 바닷속에 아홉 명이 있어요. 그랬더니

순간 그분 눈이 촉촉해지면서 아직도 그러고 있어 하셨거든요. 이
상한 노인들도 있지만 안 그런 분들이 훨씬 더 많기 때문에 바꿀
수 있다는 그런 희망이 생기는 거죠."

» 본인은 이 싸움을 승리하실 때까지 하실 건가요?

"제 희망은……. 네. 몇몇 되지 않더라도 그중의 한 명으로 남고 싶
어요. 진상규명하고 책임자 처벌하고. 최소한 그때까지만이라도
같이 하고 싶다는 게 제 현재의 꿈이에요."

» 아무리 오래 걸려도?

"그렇죠. 그때도 저는 여전히 엄마니까. 엄마니까, 엄마니까 당연
히."

　　그녀가 약속장소였던 광화문 세월호 광장에 도착해서 제일 먼저
한 일은 인터뷰를 약속한 우리를 찾은 게 아니라 곧바로 단식장을
찾아 일일 참여자 명단에 이름을 올린 것이었다. 분향소 귀퉁이의
쪽방에서 인터뷰가 끝난 시간은 어둑해질 무렵이었는데, 우리는 분
향소 앞 빈터에 앉아 그녀가 저녁 단식에 들어가는 모습을 잠시 지
켜보다 인사하며 돌아섰다. 버스를 타러 정류장으로 향하는데, 뭔가
기분이 찜찜했다. 도무지 개운하지가 않은 거였다. '올 여건이 안되
면 와야만 할 이유를 만들어서 오구요,' 우리는 되돌아가 다시 그녀

에게 물었다.

> » 선생님. 오늘 여기 오신 게 실은 인터뷰가 목적이 아니죠? 동조
>   단식 나오시려고 일부러 저희 인터뷰를 승낙하신 거 아닌가요?

"(당황한 듯 겸연쩍게 웃으며)……겸사겸사에요. 도봉모임에서 다음 주
에 저녁 단식을 같이하기로는 했는데. 그래도 제가 잘하는 게 머릿
수 채우는 거니까……" 그녀는 대수롭지 않게 덧붙였다. "이번 주에
한 끼 단식은 계속 했어요. 그래도 올 수 있을 때 한 번이라도 더 와
서 같이 하는 게 의미가 있을 것 같아서."

이번 주 월요일부터 금요일 내내 회사에서 점심을 매일 굶었으
며, 다음 주에도 지역에서 이웃들과 단식을 함께 할 예정인데, 그 사
이에 낀 주말에 한번이라도 더 굶으며 고통을 같이 겪으려는 사람.
그녀였다.

우리는 비로소 알 것 같았다. 이경숙씨가 진심이라는 것을, 한결
같다는 것을. 아니, 그 한결같은 태도가 진심에서 나온다는 것을.

그녀는 엄마니까. 비가 오든, 눈이 오든, 볕이 좋든, 날이 흐리든,
추운 날에도, 더운 날에도, 안개 낀 날에도, 미세먼지 자욱한 날에
도. 어느 때에도 그녀는 엄마니까. 아이들과 떨어질 수 없는, 아이들
을 떠날 수 없는. 설령 아이들이 더 이상 존재하지 않는다 해도 여전
히 엄마인 것이니까. 희생자 304명의 엄마들처럼.

우리는 또 알 것 같았다. 그녀가 다음 주 금요일 저녁에도 창동역

157

2번 출구 아래 서 있을 것임을. 그 다음주 금요일에도, 그 다다음 주 금요일에도. 변함없이 혹은 다함없이.

잊지
않을게

'엄마의 노란 손수건' 회원 가족 _ 정유라, 목선재, 목종찬 가족 (서울시 서대문구 북가좌동)

2016년 9월 23일은 박근혜 정권의 운명이 갈린 하루다. 청와대와 새누리당이 그토록 꽁꽁 감춰 두었던 '대통령의 조종자' 최순실과 그녀의 딸 정유라가 언론 지면에 처음으로 거명된 거였다[29]. 박대통령과 삼성이 '근거 없는 폭로'라며 즉각 반박했으나 JTBC와 TV조선, 한겨레신문 등의 후속 보도가 이어지면서 의혹은 사실로 확인된다. 정권 차원의 주요 결정이 국무회의가 아닌 정체 모를 여자의 손에서 놀아났다는 게 드러나면서 2016년 12월 9일 국회 본회의에서 박근혜 대통령 탄핵소추안이 압도적 가결로 통과된다. 집권당이었던 새누리당의 거의 절반이 찬성한 결과였다. 이 모든 일은 9월 23일자 경향신문 1면에서 시작되었다. 그 정점에는 '선출되지도, 승계하지도 않은 21세기 한국의 공주님' 정유라가 있었다.

그리고 여기 또 한 명의 정유라가 있다. 1970년 지방의 무던한 가정에서 태어나 힘껏 공부해 모 국립대의 철학과에 입학했던 여고생. 그러나 학내 민주화 문제로 학과가 휘말리면서 4년 내내 바람 잘 날 없었던 여대생. 어렵사리 졸업할 무렵 그녀는 아르바이트로 시작한 의류판매업이 의외로 적성에 맞는다는 걸 깨닫고 IMF 시절 동대문에 우후죽순 세워지던 24시간 복합쇼핑몰의 여성복 매장 한 칸을 겁도 없이 임차한다. 그녀가 결혼하고 첫 딸까지 얻었던 아주 행복한 때였다. 때마침 올빼미족의 동대문 쇼핑 붐이 일어나면서 사장이자 주부였던 그녀는 과감하게 점포를 늘린다. 그러나 달콤한 시절은

---

29 "[단독]"최순실 딸 승마 독일연수, 삼성이 지원" 2016년 9월 23일자 경향신문 1면 기사. http://news.khan.co.kr/kh_news/khan_art_view.html?artid=201609230600175&code=910100

잊지 않을게 : 정유라, 목선재, 목종찬 가족

오래 가지 않았다. 조폭을 낀 상가번영회는 정해진 임대료와 관리비 외에 뒷돈을 상납하라며 쇼핑몰에서 상인들을 밀려냈고, 그녀는 타협하지 않은 끝에 내쫓기고 만다. 그즈음 인터넷 쇼핑의 대두와 중국 공장 외주화, 상인들간의 디자인 도용 등의 문제로 동대문의 기세가 급속히 꺾여가고 있었다. 자체 공장까지 두고 사업을 크게 벌였던 그녀는 이후 변두리로 밀려나면서 점점 더 위험해진다. 그녀가 마지막으로 운영했던 전주의 대형 로드 매장은 쇼핑몰 대표가 보증금을 빼돌리고 고의 부도를 내면서 결국 엄청난 빚만을 그녀에게 안겼다. 돈한 푼 집 한 칸 없이, 수 억대의 고리 빚을 짊어진 채 그녀는 아들까지 불어난 네 식구를 이고서 시댁으로 투항했다. 지금은 프랜차이즈 매장의 매니저로 일하면서 십 년 넘게 원금과 이자를 갚고 있다. '숨 쉴 구멍도 없이' 매일 12시간씩 일하며 죽자살자 상환에만 매달리던 그녀가 한 주에 딱 하루뿐인 휴일에도 무언가를 해야겠다는 생각이 든 것은 2014년 4월 중순이 막 지난 어느 날이었다. 아무 데나 있을 법한, 또 어디에도 없을 듯한 또 다른 정유라씨를 그녀의 아이들과 더불어 인터뷰했다. 혼동되지 않도록 엄마 정유라씨의 이야기는 검정, 딸 목선재 양은 빨강, 아들 목종찬군은 초록으로 표기한다.

보쌈이 먹고 싶다는 아버지, 그러나

오늘 광화문 아침식사는 진수성찬으로 배불리 먹었습니다.

#엄마의노란손수건 #정유라 님께서 따님 #목선재 양과 함께

보쌈성찬을 차려 주셨습니다.

두 아빠와 안산에서 올라오신 7반 유가족분들 모두 맛나게 드셨습니다.

추운 날씨에 무거운 가방을 들고 맛난 음식을 차려주기 위해 애써주신 유라님과 따님께 감사드립니다.

고맙습니다~ ^^

− 4.16가족협의회(@416family) 2014년 12월 15일 트윗 전문

» 유가족들을 위해 '보쌈 도시락'을 정성 들여 만들어주신 게 지금껏 회자되고 있어요. 그때 상황을 좀 들려주세요.

"얘기가 긴데.(웃음) 영석 아버님이 광화문에서 농성하시던 2014년 12월이었어요. 보쌈을 먹고 싶어 하신다는 얘기를 들었어요. 더 이상 사 먹는 건 싫다고. 4개월 넘게 광장에서 노숙하실 때였으니까 몸도 마음도 엉망이셨을 때라 그걸 제가 해드리고 싶다는 생각이 들더라구요."

» 그때 두 분 아버님이 농성하실 때라 잘 드시질 않으니까 누군가 물어봤다고 하더라구요. 먹고 싶은 건 없으시냐고.

"네. 그래서 더 제대로 준비하고 싶었어요. 간단히 삶은 것 말고, 또 예쁜 그릇에다가. 시어머님 그릇을 몰래 가져다 엄청 많은 재료를 넣고 오래 시간을 들여 삶아가지고 쌈 종류도 정말 다양하게 모

163

아서 바리바리 싸 들고 갔죠. 그런데 영석아버님이 거의 드시질 못
하더라구요."

   » 왜요?

"제 딸 먹이시느라. 쌈을 싸서 연신 입에 넣어주시더라구요. 영석
이 생각이 나셨겠죠. (울컥) 그래도 다른 부모님들이 맛있게 드셔
서 좋았어요. 제가 남이 아니라고 생각하니까 잘 드시는 게 아닐까
싶었고. 7반 어머님들이 그때 저한테 물으셨어요. 우리 애 봤어요?
우리 애 이름을 알아요? 마침 그 애들을 제가 기억하고 있어서서
그렇다 했더니 정말 좋아하시더라구요."

   » 304명 희생자들 이름을 전부 다 외우고 계세요?

"아네요. 사실 그 많은 애들이 제 기억 속에 다 들어오질 못해요.
거기에 매번 놀라요. 머릿속에 이름이 다 들어오지 못할 정도로
많은 애들이 한날 한시에 속절없이 그렇게 됐다는 게."

   » 그 외에도 음식 봉사를 여러 번 해주셨어요. (희생자)어머님들 청
     운동 농성할 때도 그랬고.

"그때는 김밥하고 유부초밥, 도라지 생강차 싸갔을 때. 2014년
10월이었던 같네요."

» 몇 십 인 분을 혼자 만드셨던 건데…… 퇴근 이후에 밤에만 준비
할 수 있는 거였잖아요. 12시간씩 내내 서서 일한 뒤라 쉬고 싶으
셨을텐데. 어떻게 장만하신 거예요?

"쌀쌀해질 즈음이었어요. 그래서 따끈한 차도 같이 드려야겠다 싶
어서 도라지 생강차를 생각했는데. 사서 드리긴 싫더라구요. 약재
를 사다가 씻고 말리고 하는 걸 일주일 이상 했어요."

» 차 재료 만드는 데만 일주일?

"제가 밤에밖에 시간이 없으니까. 장사 망하고 나서 시댁에 얹혀사
는데, 선재랑 종찬이랑 저까지 세 식구가 한 방을 쓰거든요. 그때
선재가 고3이었을 땐데. 애한테는 마루에서 공부하라고 하고 방
에다 재료를 벌려서. (웃음) 거실에서 딸그락거리면 시어머님한테
들킬 테니까…… 근데 김밥도 그렇고 준비할 게 정말 많은 거예요.
누가 한 손만 도와줬으면 싶더라구요."

» 음식도 음식이지만, 포장 용기, 담음새도 정말 신경을 많이 쓰
셨다고 들었어요.

"맨날 밖에서 사드실텐데 일회용품에 담아드리기가 싫은 거예요.
용기하고 수저도 예쁜 걸 구해서 반찬 놓는 접시도 따로 준비하구
요. 용기에다가는 잊지 않겠다는 문구 쓰고 일일이 노란 리본 붙여

165

서 가져갔어요. '엄마의노란손수건'(이하 '엄마손')[30] 분들이 거들어
주셨죠."

 » 그거 받고서 (희생자)어머님들이 펑펑 우셨어요.

"한 분씩 나눠드렸는데 그거 붙잡고 그냥 고개만 푹 숙이시더라
구요. 왜 그런가 했더니…… 애들이 김밥 좋아했다고 하면서 하나
둘씩 흐느끼시는데…… 성호 어머니는 그릇을 못 놓으시더라구
요. (정유라씨는 이 대목에서 잠시 침묵하다가 끝내 울음을 터뜨렸다)……
차라리 밥 해드릴 때가 나았지. 이게 뭐예요. 어떻게 이렇게 3년
씩……"

 » 그렇게 여러 차례 음식을 준비하시는 동안 시댁에서는 아무 말씀
   도 없으셨나요?

"한 번 시어머님께 들켰어요. '너 정말 어쩌자고 그러니' 하셨죠.
그때 제가 딱 한 말씀만 드렸어요. '어머니 저한테 아무 말씀 마세
요. 우리 애들이 없었으면 제가 살지를 못했을 거 잘 아시잖아요.
선재가 세월호에 탔다면 저는 죽었어요. 그런데 내 손을 잡아주는
사람이 아무도 없다고 생각해 보세요. 다른 건 몰라도 이거는 저한

---

30 참사 직후 안산지역의 엄마들이 결성한 온라인 카페로 열성적이고 지속적으로 유가족들을 지원했
    다. 이후 전국의 온라인 맘카페와 연대하면서 10만 이상의 큰 결속체를 이뤘으며 현재도 변함없이
    활동중이다. http://cafe.daum.net/momyh

테 아무 말씀도 마세요' 그랬어요."

> » 엊혀사는 형편에서…… 그 말씀을 드리기가 정말 어려우셨을
>   텐데.

"그 뒤로 시어머님께서 아무 말씀 안 하세요. 이렇게 일요일마다
광화문에 나오는 거 눈치채고 계실 텐데. 시아버님도 평생 1번만
찍어온 분이세요. 그래도 뭐라고 안 하세요. 제가 바리바리 싸가지
고 나와도, 선재도 광화문 나가는 거 다 아실 텐데도. 그때 종지부
를 딱 찍은 거죠."

> » 그렇게까지 애써서 만들어 주셨는지는 몰랐어요. 밤잠도 못 자고
>   생고생을 하신 건데.

"그때는 내가 그렇게 두세 번 고생하면 달라질 줄 알았어요."

우리가 가진 건 마음밖에 없잖아요

> » 일요일마다 세월호 광장의 '진실마중대'[31] 개장을 도맡아주고 계

---

31 광화문 세월호 광장의 맨 앞자리에 자리한 천막으로, 참사 진상규명과 조속하고 온전한 인양을 촉구
   하는 대국민 서명 공간이다. 자발적으로 모인 시민들이 매일 정오부터 저녁 7시까지 연중 무휴로 운
   영하고 있다..

시는데, 벌써 1년 넘었죠?

"1년 반쯤? 직장 옮기기 전에는 평일에 두어 번씩 나왔고, 새벽 장사할 때는 잠을 포기하더라도 기자회견이나 행사 있으면 나올 짬이 있었는데. 이직하고 나서는 일요일만 쉬니까 그날만 도와드리고 있어요. 다른 분들 한두 시간이라도 더 쉬고 나오시라고."

» 그러면 전에는 밤새 일하고 나오셨던 거예요?

"그때는. 쇼핑몰은 새벽이 제일 한가해서 쪽잠을 잘 수 있거든요. 그렇게 위안을 삼았어요. 내가 새우잠이라도 자고, 낮에 한번이라도 광화문에 나갈 수 있는 것에 감사하자……"

» 엄마 따라서 종찬이도 매주 나오나요?

"매주는 아니지만 자주 나와요."

» 집에 있으면 쉬기도 하고 티비도 보고, 친구들이랑도 놀수 있는데, 그게 더 좋지 않아요?

"일주일에 하루 엄마랑 종일 있을 수 있는 날이라서. 친구들은 학원 다니느라 바빠서 같이 놀 시간도 없어요. (웃음)"

» 오늘은 날씨도 별로 안 좋잖아요. 이런 날씨에 서명대에 나오는 게 힘들지는 않고요?

"종일 있으면 좀 심심할 때도 있고 서명대에서는 최대한 빨리빨리 설명해야 해서 그게 좀 어렵기는 한데, 의미가 있는 일이라고 생각해요."

» 엄마손 어머니들과 홍대에서 서명받는 일로 활동을 시작해서 다양한 분야에서 정말 많은 도움을 주셨어요. 그동안 하신 일들을 들려주실 수 있을까요?

"홍대 서명, 광화문 서명, 동네 지하철역(증산역) 서명, 직장 부근 지역(동대문, 명동) 서명, 식사 지원, 피케팅…… 하도 많이 쫓아다녀서 다 기억은 못 해요.(웃음)."

» 서명운동이 많네요. 처음에 어떻게 참여하시게 된 건지?

"유가족들이 제일 원하시는 게 뭔가? 나 같은 아줌마가 뭘 할 수 있어요? 해야 하는 걸 말해주세요 했어요. 그랬더니 서명을 받아 달라 하셨어요. 그게 자식의 목숨줄이라고. 그래서 시작했어요. 우리가 서명을 받아서 전달해 드리면 유가족들이 그걸 안으셨어요."

» 그러셨죠.

169

"비가 오면 저희는 원피스 품 속으로 서명지를 집어넣었어요. 젖을까 봐. 저희도 그걸 생명처럼 다뤘어요. 누가 서명 안 하고 그냥 가면, 설명이라도 듣고 가라고 한참을 쫓아갔어요. (웃음) 당연히 그렇게 하는 건 줄 알았어요. 그리고 피켓을 들면 그걸 내려놓을 수 있다고 생각을 못 했어요. 발발발 떨면서 몇 시간이라도 들고 있어야 하는 줄 알았어요."

» 처음 만든 3단 피켓이 너무 크고 무거워서 들고 있자면 손가락이 뽑히는 것 같으셨다고?

"그랬어요. (웃음) 홍대에서 그거 들고 벌섰죠. 엄마손에서 광화문에 집중하자 그래서 그리로 또 옮겼다가. 그런데 홍대가 너무 써늘한 거야. 그래? 그럼 홍대를 오전에 가고 오후에 광화문에서 하자. 그러다 또 각자 동네에서도 하자는 거예요. 동네에서? 혼자 어떻게 하지?"

» 일이 점점 늘어났네요. (웃음)

"저는 그 전에 동네 빵집, 화장품 가게, 정육점……이미 받을 만큼 다 받았거든요. 국회의원들이 나처럼만 하면 선거 때 표 구걸할 필요가 없다 했던 게, 제가 길목에 딱 뜨면요, 상인들이 90도로 인사들을 하세요. 선생님 오셨냐고. (일동 웃음)"

» 얼마나 닦달을 하셨길래.(웃음)

"정육점 사장님이 고기도 막 퍼주셨어요.(웃음) 근데 엄마손에서 리본도 만들자고. 우리가 필요한 물품은 우리가 만들어 써야 한다던 때였어요. 그래서 밤늦게 퇴근하면서 재료 사다가 방에 불 켜놓고 노란 리본을 만들기 시작하는 거죠. 그걸 만드는 데, 제가, 제가 조는 거예요."

» 피곤하니까……

"제가 뭘 했다고…… 막 울었어요. 어떻게 이걸 만들면서 졸 수 있냐. 근데 너무 졸린 거예요. 졸다 만들다 졸다…… 피켓도 그랬어요. 가까운 증산역에서 아침마다 피케팅을 하기로 결심해서 준비하는데, 대체 어떻게 만들어야 좋을지 모르겠는 거예요. 페이스북에서 보니까 '웃는 얼굴'님이 만든 피켓이 근사하더라구요. 그래서 그걸 팔라고 쪽지를 보냈어요."(일동 웃음)

» '웃는 얼굴'님이면 '세월호 화가' 최강현씨 아내분이시죠? 열정적으로 활동하시는……

"네. 그분이 사러 오라고 해서 재료비를 들고 댁에 찾아갔어요. 그랬더니 같이 계시던 그분 언니가, 이걸 사겠다고 오는 사람이나 팔겠다고 만들고 있는 사람이나 똑같다고. (일동 웃음) 대화해 보니까

171

오래된 친구처럼 너무 말이 잘 통하고 좋더라구요. 진작 알았으면 좋았을 걸 그러면서 수다 떨었죠. 아이들끼리도 친해지고. 거의 일가친척처럼 됐어요."

» 그렇게 만드신 게 사진 속의 접이식 3단 피켓이군요. 사진만 봐도 저렇게 무거워 보이는 걸…… 관절염은 안 생기셨어요?

"저는 그래도 서 있는 게 직업인 사람이잖아요. 다른 분들에 비하면 오래 한 것도 아니구."

» 그러다 재작년부터는 일요일 광화문 서명대를 책임지고 계신 거죠. 혼자서 2시간 동안.

"이게 시민들끼리 돌아가면서 교대해 운영하는 공간인데, 그래서 각자 사정이 다 달라요. 애들 유치원 돌아오기 전에 해주시는 엄마, 근처 직장 다니는데 점심시간에 식사 안 하고 도와주는 회사원, 공휴일 오후만 가능한 분들…… 제가 일요일만이라도 오픈해놓고 두어 시간 맡아주면 그분들이 조금이라도 늦잠을 자거나 가족들과 지내다가 나올 수 있잖아요. 다들 가정이 있으니까. 나도 아이가 있어 힘들지만."

» 하시고 계신 일이 육체적으로 고된 일인데. 손님들하고 말하는 것도 '기가 빨리는' 일이구요. 그런데도 또 본인 휴일에까지 몸으

3단 피켓을 들고 있는 정유라씨, 출처 : 정유라씨 페이스북

로 해야 하는 일을 맡아주신 이유가 있을까요?

"그런 생각을 할 수 있을 만큼 치밀한 사람이 아니라서. (웃음) 세월호 집회가 청계 광장에서 처음 열렸는데, 가야 되는데 청계광장이 어디지? 간신히 물어물어 나갔어요. 그다음엔 광화문 이순신 동상 앞에서 집회를 한대요. 이순신 동상이 어딨지? 그러던 제가 육체적으로 일하겠다 정신적으로 일하겠다…… 아무 생각 없었구요. (일동 웃음) 저희가요. 시간도 없고, 건강하지도 못해요. 없는 사람이 건강하지 못하죠. 정신적으로든 육체적으로든. 상처도 많구요. 자존감도 낮구요. 우리가 가진 건 마음밖에 없잖아요. 마음이 가면 그때를 놓치지 않고 어떻게든 내 마음을 다해 행동하는 것밖에 못하는 거예요. 계산 같은 거 없어요. 못 해요."

세월호는 그냥 우리를 친 거예요
- -

우리 예진.

아주 어릴적 몇 분 동안 손을 놓친 적이 있었습니다. 의찬(아들 이름)인 등에 업고 예진인 손잡고 나들이삼아 간 마트에서요. 노란 방울로 양갈래 머리 올려묶이고 노란 끈나시 원피스를 입혀서 간 나들이. 서로가 손잡고 있을 줄 알았던 남편과 나는 순간 멍! 진열된 물건 떨어뜨리는 줄도 모르고 방송실로 뛰어갔고 (겨우 찾아)다시 우리 애기를 안았습니다. 그 순간 얼마나 악몽이었는지.

그때 못 찾았더라면 우리 예진이 지금쯤 살아는 있었겠죠?

이세상 어딘가 있을것만 같은데……

– 단원고 2학년 3반 희생자 정예진 양의 엄마 박유신씨의 2016년 12월 18일자

페이스북 중에서.

» 이야기를 돌려서…… 의류업에 처음 뛰어든 게 동대문 상가였다
고. 초반엔 정말 잘 됐다면서요?

"그랬죠. 당시 동대문 상가들이 도맷값으로 소매를 했어요. 24시간
영업이어서 지방 옷집들이 마감하고 물건 떼러 오기도 맞춤했고.
M상가가 가장 최신 매장이었는데, 아침에 오픈하면 손님들이 줄
을 서 있다가 문을 밀고 들어올 정도였어요, 매상을 복대에 다 못
넣어서 동그란 휴지통을 돈통으로 썼어요. 지폐가 그 통에 다 담
기지 않을 만큼 수입이 좋았죠."

» 저도 친구 따라 동대문에 밤 쇼핑 다녔던 기억이 나요. 여성복 매
장이었던 거죠?

"네. 지금도 그 숫자가 기억나요. 2층 79호. 장사가 너무 잘 되니까
공장도 돌리고, 원단도 수입하고 디자인 주문하고 샘플 오면 확인
하고…… 자체제작으로 다 했어요. 그런데 어느 날 갑자기, 내일
매장을 빼라는 거예요. 내일 철수하란 얘기를 오늘 듣는 거죠."

» 밑도 끝도 없이?

"저희도 그렇게 물었어요. 왜? 이유가 뭔데? 근데 무조건 나가라는 거예요. 상가번영회가 아예 계약서 자체를 안 썼어. 쓰자고 할 때는 차일피일 미루더니. 근거라고는 매달 임대료, 관리비 오간 내역만 있는 거죠. 임시 점유자, 초단기 계약자인 것처럼 보이게 하려고. 지역구 국회의원한테까지 찾아가 호소했는데 계약서가 없으니까 방법이 없더라구요."

» 그래서 정말로 그다음 날 쫓겨 나온 거예요?

"네. 저희만 그런 게 아니고 뒷돈을 찔러주지 않은 상인들은 전부 내쫓겼지요. 그때 제가 한 블록 뒤에 G상가에도 가게가 있을 때였는데. 거기로 물건을 옮기면서 내내 울었어요. 애 아빠는 너무 화가 나니까 집에 가 버렸고. 그게 잠 못 자고 만든 옷들인데, 내 새끼 같은 건데 막막했죠."

» 정말 황망하셨겠어요.. G상가는 장사가 잘 안 됐나 봐요. M상가에 주력하셨던 거죠?

"모든 쇼핑몰이 마찬가지인데, 앞에 새 상가가 들어오면 망할 수밖에 없어요."

» 이유가?

"사람들이 안 오니까요. 더 가깝고, 더 새로운 게 갑인 거죠. 다른 조건이 엇비슷하다면 장사는 입지가 좌우해요. 동대문에 쇼핑몰이 얼마나 많이 생겼어요. 그럼 장사하던 사람들이 기존 매장 뇌주고 새로 입주하는 거예요. 뒤쪽 상가는 안 되니까. 결국 상인들만 죽어나는 거죠."

» 24시간 영업이라 부부가 12시간씩 교대로 해도 참 힘든 조건인데. 햇빛도 못 보잖아요.

"다 몸 갉아먹으면서 하는 거죠. 잠도 못 자고. 피부도 누렇게 뜨고. 내가 만든 제품이라 설명도 내가 제일 잘 하니까 매장에 내가 없으면 안 되는 거죠. 죽을 둥 살 둥 하는 거예요."

» 그때 아이들은 어떻게 키우셨는지?

"그때는 딸 하나(선재)였죠. 어머님이 돌봐 주셨어요. 일주일에 한 번, 월요일은 쇼핑몰이 쉬니까 그 하루는 잠을 포기하고 놀러 나가고 그랬어요."

» 단 하루를 못 쉬고?

"너무 미안하니까. 첫애잖아요. 그리고 딸이고. 둘째인 아들 종찬이는 마음이 이렇게까지 절절하지 않은데, 딸은 두고 나오려면 막 자지러는 게 마음이 찢어졌어요. 애들 아빠도 똑같았죠. 둘이 돌아서서 울면서 입술 깨물고 출근하고…… 그래서 월요일만 기다렸어요. 아빠는 밤을 새우고 와서도 항상 딸을 안고 손에서 놓칠 않았어요. 월요일마다 놀이공원도 가고 산에도 가고."

> » 그렇게 몸 상해가며 일했는데도 결국 빚만 남으셨어요. 마지막으로 열었던 전주 매장은 쇼핑몰 대표가 보증금을 들고 사라졌다고?

"네. 이미 실패를 본 끝에 차린 거라 자기 자본 없이 빌린 돈으로 시작한 매장이었는데. 장사는 잘됐어요. 전주 사람들이 매장 이름을 다 알 정도로. 그런데 그걸 하루아침에 날렸죠. 억울해서 고시 공부하는 선배한테 물어물어 소송도 걸었어요. 제가 이겼죠. 받을 수 있는 이자만 해도 엄청났어요. 그런데 물어줄 사람이 없는 거예요. 주민등록 말소. 계획적이었던 거죠."

> » 실패하는 과정에서 국회에 호소했는데 해결이 안 됐고. 또, 재판에서 이겼는데도 돈 한 푼 못 받으셨잖아요. 법이 소용이 없구나 절감하셨을텐데. 우리가 세월호 특별법 제청 촉구 서명을 650만 명 이상 받았고, 그 과정에서 선생님도 헌신적으로 애써주셨잖아요. 그런데 국회에서는 반쪽짜리 특별법으로 격하됐잖습니까?

야당조차 유가족 동의 없이 멋대로 합의해서 분노를 샀고[32]. 내가 겪어봤듯이 법적으로 해결이 어려울 수도 있다, 안 될 수도 있다 예상하셨나요?

"아니에요. 제 개인적인 일과 연관해서 생각해 보지는 않았어요. 세월호는 그냥 우리를 친 거예요. 내가 해봤는데 안 돼. 감히 그런 생각을 하거나 앞뒤를 재지 않았어요."

》 그렇게 생각해도 이상하지 않은 일이잖습니까?.

"(한참 생각해보다가)이것저것 다 해보는 과정에서 제가 좌절했죠. 힘들었어요. 그렇지만 저와 세월호를 비교할 순 없어요 엄마들이 광장으로 나오는 이유가 이거예요. 아이를 그렇게 잃을 수 있다니…… 사고는 날 수 있어요. 문제는 전혀 구하지 않으면서 거짓말만 한 건데. 그 거짓말이 살인인 거잖아요. 청와대가, 해경이, 언론이 죽인 거잖아요. 어떻게 이런 일이 있죠?"

》 ……(일동 침묵)

"백주대낮에, 무슨 전쟁통도 아니고 테러나 태평양 한복판에서 일

---

32 2014년 8월 8일자 노컷뉴스 기사 ""세월호 특별법 합의는 야합"…각계각층 거센 '반발' http://www.nocutnews.co.kr/news/4071046

어난 일도 아니잖아요. 국민들이 뻔히 보고 있는 상황에서. 나는 지금도 이해가 안 돼요. 우리가 쫓겨난 건 돈 봉투 안 줘서 그랬어요. 현실을 몰라서. 장사하는데 사기 치고 튀었어. 재수없이 당했어. 그럴 수 있어요. 그런데 살아있는 애들을 그렇게 죽여? 이건 이해할 수 없다는 거죠. 이게 나라냐는 거죠."

고통스러운 장소가 살아갈 힘을 줘요

» 따님한테 질문할게요. 96년생이면 세월호 희생자들보다 딱 한 살 많은 나이인데, 세월호가 침몰했을 때 고3이었잖아요. 학교에서 반응이 어땠나요?

"난리가 났죠. 고3 초반이라 다들 열심히 공부할 때였는데, 반 전체가 다 휴대폰으로 DMB 틀어놓고 생중계로 보고 그랬어요. 선생님들도 감히 하지 말라 말씀을 못 했고. 오히려 애들한테 어떻게 됐냐고, 구조된 친구가 혹시 더 있냐고 물어보시고 그랬죠. 수업 도중에 눈물 흘리는 선생님도 있으셨어요. 그때는 학교가 다 한마음이었어요."

» 한편 어수선했겠네요. 공부는 해야 되는데, 눈은 자꾸 침몰 현장으로 쏠리고……

"부모님이 힘들게 사시는 걸 보고 컸기 때문에, 저는 정말 편안하게 잘 살고 싶었어요. 그래서 사실 저는 당시에는 지금만큼 아프게 못 느꼈던 거 같아요. 그땐 내 공부를 열심히 해서 좋은 대학교 가서, 나중에 좋은 직장 가야지 그랬어요. 엄마가 울고불고 활동하실 때도 저는 어린 마음에 다른 엄마는 입시설명회 다닐 때 우리 엄마는 농성장 가네 불평했을 정도로."

» 그런데 어쩌다 대학에 입학해서는 매주 광화문에서 활동하게 되신 건지?

"시키는 대로, 남들 하는 대로 해서 대학엘 왔는데, 막상 와 보니 뭘 해야할 지 모르겠는 거예요. 그때 엄마를 보면서 비로소 알았어요. 어쩜, 세상에 아픈 일들이 너무 많구나. 416, 이게 아이들이 배 타고 가다 사고가 난 게 아니구나…… 세월호 사건이 보이니까, 다른 것도 보이더라구요. 이 땅이 온통 참사고, 약자의 인권은 없구나. 그때부터 시작이 된 거 같아요. 자발적으로 광화문에 나오게 됐고. 세월호에 대해 주변에 한 마디라도 더 해보려고 하게 됐고."

» 고3때 엄마한테 서운하셨던 것도 이해가 가요. 제 친구 딸이 이렇게 얘기했대요. 엄마는 지금 아이잃고 슬픈 엄마들을 위로하기 위해서 엄마 딸을 버리고 가겠다는 거야?(일동 웃음)

"귀에 못이 박히도록 들었어요. 살아있는 엄마 자식 좀 챙기라고.

(웃음)"

"늦게까지 야간자습하고 지쳐서 집에 들어오면 엄마가 울고 있어요. 엄마, 쫌!!!(일동 웃음)"

"얘가 말은 이렇게 해도, 고3 때도 안산에 갔었어요. 분향소에 같이 가겠냐 물어봤는데 그러자 해서. 다녀오는 길에 울더라구요. 시간을 되돌려서 그 애들이 사고 이전으로 돌아갈 수만 있다면 까짓것 내가 고3을 두 번 해도 괜찮겠다며…… 마치 다 산 여자처럼 흐느끼면서 구슬프게 되뇌이는데…… 애들도 알아요. 우리처럼 표현하진 않아도 국가가 몹쓸 짓을 한 거라는 걸."

> » 어려운 환경에서 고생해 대학엘 왔잖아요. 사람이란 게 보상 심리가 발동하기도 하는데. 그동안 힘들었으니까 이제 누리고 살겠다든가. 봉사 활동에 나선다는 게 일반적이지 않은데.

"누리고 싶다, 이 마음은 모든 고3한테 있을 거예요. 입학해서 저도 대학생은 이렇게 노는 거야 그런 걸 다 해봤는데 그냥 허무하더라구요. 나한테는 정말 소중한 인연도 없는 것 같고. 그러다 우연히 세월호 서명받는 일을 돕게 됐는데, 참 신기한 게요. 저는 광화문 광장에 있으면 내가 외롭지 않고, 사람들과 같은 방향을 바라보고 있구나 하는 깊은 유대감을 느껴요."

» 모르는 사람들이지만, 그들과 내가 남이 아니다 싶은 느낌?

"세월호 사태가 지금 이러해요 설명드리면 시민들이 진짜요, 이러면서 끄덕여 주시고 탄식해주시고 같이 울어주는 분도 계시고…… 그게 제가 놀면서 받았던 어떤 에너지보다도 큰 거예요. 이제야 비로소 내가 누군가와 함께 손을 잡고 있다는 느낌이 들고. 그간 너무 외로웠는데, 내가 힘을 주기 위해서 갔지만 오히려 힘을 받고, 삶의 의미를 찾고 그랬죠."

» 진짜요? 따님이 지나치게 거룩하고 성숙하게 큰 것 같은데요. (일동 웃음)

"서로 이야기하고, 공감하고, 한 손이라도 서로 돕고…… 고통을 나누면서 우리가 저도 모르게 위로를 받거든요. 진심을 전할 상대가 있다는 게 고마워져요. 유가족분들껜 죄송하지만 이 고통스러운 장소가 살아갈 힘을 줘요. 우리 모두가 참 소중한 사람이구나. 나는 내가 아니고 너구나. 저 아이도 내 자식이고 저 엄마도 내 엄마고. 우리가 그런 느낌을 어디서 받아봐요."

바람이 많이 불었던 그 4월

» 참사 당일에는 어떻게 소식을 들으셨어요?

"그날은 일만 해서……(오열)"

    » 다 그랬죠.

"의류매장은 시계도 없고 TV도 없거든요. 쇼핑에만 집중하라고. 전혀 모른 채 일하고 있는데 옆 매장 점원이 와서 이러는 거예요. 여긴 뭐야? 몰라? 우리가 아무렇지도 않게 뭘? 그랬더니 그 얘기를 하는 거예요. 배가 뒤집혀서 애들이 난리가 났는데 왜 이렇게 태평해? 깜짝 놀라서 뉴스를 계속 찾아서 봤어요. 그런데 상식적으로 이해가 안 되는 거예요."

    » 어떤 게?

"이게 평일 아침에 벌어진 일이고, 우리가 다 아는 곳, 배가 늘 다니던 해역에서 터진 일인데 화면에 구조하는 모습이 안 보여요. 계속 시간만 가고…… 그런데도 세상이 너무 조용한 거예요. 이상하다. 나는 이렇게 답답한데…… 뭐든 해봐야 되는 거 아냐? 찾다 찾다 보니 울고 있는 엄마, 촛불 든 엄마들이 보이더라구요. 그게 Daum의 엄마손 온라인 카페였던 거예요."

    » 그러셨군요.

"얼마 뒤에 노란 리본을 달자, 는 캠페인이 시작됐어요. 리본? 만들

잊지 않을게, 절대로 잊지 않을게

엄두가 안 나서 문구점에 가서 '노란 리본 있어요?' 그래가지고. 선물 포장에 붙이는 노란 리본 있잖아요. 그걸 사다가 원피스에 달고 매장에 서 있었어요, 예쁜 리본. (웃음) 딸도 가방에 한참 달고 다녔어요. 아무도 모를 리본. 우리만 아는."

　　» 아. 진짜요?

"그러다가 엄마손이 움직였죠. 가까운 데에 내가 도울 게 있나 했는데. 엄마손에서 홍대에서 서명운동을 시작한다고…… 첫날 나갔는데 우느라고 아무것도 못했어요. 그 엄마들이 너무 반가운 거예요. 사람들이 여기 있었구나. 내가 내 새끼만 바라보고, 돈 벌 때는 돈 번다고, 망했을 땐 망한 거 복구한다고 나만 생각하던 때에도 사람들은 여전히 있었구나. 아, 내가 사람이지 못해서 애들이 갔구나. (오열) 나는 국가가 이렇게까지 할 줄은 몰랐어요. (울음) 내가 그래도 투표는 했는데. 세상에 내가 관심이 없었다고, 그래도 어떻게 이렇게…… (울음)"

　　» 참사가 3주기를 맞고 있고, 서명을 받기 시작한 지도 어느새 2년을 훌쩍 넘겼어요. 휴일 없이 지금도 매일매일 서명을 받고 있는데, 저는 이게 놀랍거든요. 매일매일 새롭게 서명하는 분들이 있다는 거. 저는 그게 정말 무서운 일이라고 느껴요. 이렇게 오랫동안 했는데, 지금도 모르는 사람들이 너무 많다는 거.

"언론이 침묵했으니까…… 그럴 수 있어요. '서명 그까짓 거 받아서 뭐 해' 그런 말씀 하시는 분도 있지만, 이곳마저 없으면 안 되는 거예요. 지금도 진실마중대에서 적게는 하루 600명, 탄핵집회 있을 때는 하루 몇만 명까지 서명을 받아요. 우리가 계속 싸우고 있다는 것을 보여주는 곳이 한 곳은 있어야 하지 않겠나. 그게 여기가 아니겠나 생각해요."

» 진실마중대, 광화문 세월호 광장이 달리 말하자면 깃발 또는 보루인 셈이다?

"서명 개수가 중요한 게 아니라 이게 안 끝났네? 이걸 아직도 하고 있네? 를 보여줄 수 있는. 너무나 초라하고 때가 꼬질꼬질한 천막이지만 우리가 반드시 지켜내야 할 기지인 거죠."

» 저희도 2년 넘게 겪으면서 알게 된 건데, 한국은 기적이 없는 곳이더라구요. 아이들이 결국 한 명도 살아오지 못했고, 국회의원들[33]도 공치사는 많았지만 실질적인 도움을 준 적은 없었구요. 지금도 앞날을 장담할 수 없는데. 지속적으로 어려운 상황에서도 선생님처럼 헌신적으로 애써주신 진실마중대 동료들한테 드리고 싶은 말씀이 있으실까요?

---

33 19대 국회는 세월호 진상규명 및 책임자 처벌, 선체 인양과 관련해 여야를 막론하고 책임있는 모습을 보인 이가 없었다. 2012년 4월 12일자 경향신문 기사 "19대 총선 국회의원 당선자 명단" 참조. http://news.khan.co.kr/kh_news/khan_art_view.html?artid=201204122235455&code=910110

"서명을 받다 보면, 시기별로 이슈를 바꿔야 하지 않냐는 의견들이 있어요. 정부 대응이 그때그때 다르고, 언론이 다루는 의제도 늘 바뀌니까 상황에 맞춰서 사람들이 관심 있는 부분에 집중하자…… 그래서 제가 그랬어요. 우리가 광장에 나왔던 첫 마음이 변한 게 없잖느냐. 처음에 엄마들이 나와서 "왜 이런 참사가 일어났는지, 왜 구하지 않았는지 밝혀 달라", "아이들만은 안전한 사회에서 살 수 있게 해달라" 했잖아요. 지금도 그걸 얘기하면 된다고 생각해요."

» 가장 중요한 것은 내가 첫 마음을 지키는 것, 변하지 않는 것이다?

"국회나 법원에서 작더라도 성과가 나는 게 중요하다 생각하긴 해요. 국민들께 달라진 여건을 설명하는 것도 필요하고. 예를 들면 정부의 기간제 교사 순직 불인정 방침[34]이 바뀌는 것도 중요하지만, 내 첫 마음이 변한 게 없으면, 내가 안 변 하면 되는 거잖아요. 우리 모두가."

» 세월호에 엄마를 뺏긴 종찬이가 세월호가 해결되면 앞으로는 휴일에 절대 다른 데 안 나가고 가족들하고만 보내기로 약속하자

---

34 2016년 7월 17일자 오마이뉴스 기사 '비정규직 기간제교사의 권리와 노동의 가치를 인정하지 않는 사회' 참조. http://www.ohmynews.com/NWS_Web/Tenman/report_last.aspx?CNTN_CD=A0002226378

잊지 않을게 : 정유라, 목선재, 목종찬 가족

했다고 들었어요. (웃음) 곧 그렇게 될까요?

"(아들을 보고 빙긋 웃으며)그랬어요. 그런데…… 제가 뭐 하는 일이 없어요. 진짜 인터뷰하면서도 부끄러운 게……. 뭘 하고 있어요, 제가? 별 게 없어요. 그냥 마음만. 제가 여기서 끈을 놓지 않겠다는 거죠. 이거 한두 시간도 안 나오면 잊지 않겠다고 했던 약속을 뭘로 증명해요? 사랑은 표현하는 거라는데. 12시간씩 직장에 매여있는 내가 어디서 그걸 표현하겠어요. 그때처럼 아침 시간을 내서 피켓을 들 수도 없고."

그녀가 잠시 말을 멈췄다.

"제가 아침마다 증산역에서 전철을 타는데, 예전에 제가 피켓을 들고 섰던 그 자리에서 저절로 고개가 숙여져요. 간절한 마음으로 서 있었던 내가 보이는 거예요. 참사 이후에 제가 스티로폼 사다가 매직으로 글을 써서 구멍 뚫어가지고 앞뒤로 매고 역에 나갔어요. 그 4월에 바람이 많이 불었어요. 그걸 매고 있으면 가루가 흩날려요. 그 알갱이들이 어딘가 있을 것 같은 거예요. 그 마음이 지금도 거기에 있을 것 같은 거예요. 매일 아침마다 미안해지는 거예요. 지금도 밝혀진 건 하나도 없는데. 지금도 그 자리에서 피켓 들고 서 있어야 하는데 싶은 거죠."

» ……(일동 침묵)

"저와 선재가 잊지 못하는 장면이 있어요. 딸이 어렸을 때, 눈이 하얗게 날리던 날 포장마차에서 함께 오뎅을 먹었는데, 되게 뜨거웠어요. 후후 불면서 애한테 그랬어요. 이 눈, 이 추위. 펄펄 김이 나던 오뎅, 입김 불어 식혔던 거. 너 절대 잊지 마. 딸이 앙증맞게 고개를 끄덕이던 순간이 영화처럼 전부 떠올라요. (희생자)엄마들도 저처럼 순간순간이 애틋할 때라는 거. 그분들이 노인들처럼 추억으로 살아갈 연령이 아니라 바로 내 나이라는 거. 그게 미치겠는 거죠. 애들 살냄새를 맡아본 엄마들은요. 그 느낌을 영원히 못 잊어요. 그걸 어떻게 잊겠어요?"

첫 번째 인터뷰를 하기 앞서, 우리는 정유라씨 가족과 광화문역 근처의 분식점에서 끼니를 때웠다. 주문한 우동과 돈가스가 나오자 정유라씨와 아이들은 서로 떠먹여 주느라 바빴다. 딸 선재양은 맛 좀 보라고 돈가스를 썰어 연신 엄마 입으로 날랐고, 아들 종찬은 그녀 입에 들어간 우동도 나눠먹겠다며 얼굴을 맞대고는 한 줄기의 면발을 엄마와 양쪽에서 빨아 당겼다. 단란한 가족의 흐뭇한 한때였다. 문득 세월호 희생자 304명의 부모님들도 그랬을 거란 생각이 들었다. 그 아름다운 풍경은 누군가가 잃어버린 풍경이기도 했다. 다시는 돌이킬 수 없는 절대적 풍경. 물고 빨고 어루만졌던 아이들의 살냄새를 엄마아빠들은 또렷이 기억할 것이다. 정유라씨가 세월호 활동에 헌신적인 이유도 거기 있을 것이었다. 그 시간을, 아이들을 다시 오게 할 방법은 없으니까. 하다못해 이것만이라도.

오늘도 광화문 광장 분수대 한켠에는 정유라씨의 이름이 새겨진

현수막이 유족들을 위무하듯 펄럭인다. 그녀의 진심은 거기 적힌 짧은 문장에 오롯이 담겨 있다. '잊지 않을게'. 희생자들을, 부모형제들을, 인양하지 못한 미수습자들을, 살인자들을, 부역자들을. 그리고 아무것도 하지 못했던 내 자신을. (절대로) 잊지 않을게. 그날로부터 하루가 또 간다. 가고 있다.

광화문의 현수막 '잊지 않을게'

나오십시오

청년당 공동준비위원장 _ 김수근 (1983년생. 서울 강북구 수유동)

……(광화문에서)교통경찰이 (저를)보더니 무전을 칩니다.

"김수근이다! 김수근!"
"병력충원 바람!"

음…… 조용히 산책하려고 말끔히 입었는데…… 이제 변장까지

해야하나……

암튼 완전히 쫄아있는 상태네요.

탄핵은 옆에서 거들뿐!

무조건 즉각퇴진입니다!

……범죄자를 숨긴다고 끝날 일이 아니다. 경찰은 지금이라도

범인을 국민들에게 인도하라!

– 김수근 2016년 12월 6일 페이스북 중에서

　　‘청년이 직접 정치로 바꾸자’는 캐치프레이즈의 청년당, ‘패거리

꼰대 정치’, ‘등쳐먹고 해쳐먹는 노답 정치’에 반대하며 직접 민주주

의를 추구하는 새로운 정당인 청년당의 공동준비위원장은 김수근

씨다. 그런데, 김수근이란 이름은 낯설지가 않다. 그의 이름은 언론

에 여러 번 보도됐다. 때로는 신기하게, 가끔은 유쾌하게, 대개는 불

온하게. 방송과 신문에 거론되는 그는 이상하거나 혹은 과격해 보였

고, 인터넷과 팟캐스트에 등장하는 그는 신나고 명랑해 보였다. 기득

권의 카메라를 통해 재구성된 김수근은 공포스러운 체제 전복세력

으로 비췄으나, SNS와 동영상으로 직접 만나는 김수근은 옳은 것을 옳다고, 틀린 것을 틀렸다고 말하는 그저 바르고 단순한 젊은이였다.

정당인 김수근의 이력에는 21세기 한국현대사의 아픈 족적들이 함께 있다. 강원도 인제 출신인 그는 대학 졸업 후 처음 서울에 찾아와 들렀던 곳이 광우병 집회가 열렸던 광화문이었다. 시사잡지에서 넘겨다 보았던 현장을 맨 먼저 찾아온 것이다. 이후 그는 기륭전자 농성장으로 매일 출근하다시피 하면서 노동자들을 도왔고, 그의 발길은 차츰 다른 현장으로도 퍼져 갔다. 그는 '댓글 조작'을 일삼은 국정원 앞마당에 집회 신고를 하고 '불법 정보기관' 해체를 부르짖던 애국시민이었고, 세월호 참사 이후 청계광장에서 제일 먼저 촛불을 든 사람이기도 했으며, '생명권 보호 의무 위배'로 가장 일찍부터 박근혜 대통령을 탄핵 소추할 것을 주창해 온 시민운동가이기도 하다.

세월호와 관련해서만 이야기해 보자면, 그는 지금의 광화문 세월호 광장이 존재하기도 전부터 그곳에서 유가족들과 함께 했던 친구다. 2014년 봄날, 텅 빈 광화문의 이순신 동상 앞에서 항의하고 노숙하며 때로는 목숨 걸고 단식하는 희생자 부모님들을 옆에서 수족처럼 보살피고, 홍보와 집회 준비, 對 시민 접촉과 청소까지 아울러 담당했다. 김수근씨는 나이가 비교적 어린 축에 속했는데도 주변 사람들로부터 '형님'으로 불렸는데, 왜냐하면 그가 귀찮고 어려운 일을 언제나 도맡아 해왔던 까닭이다.

그해 여름, 희생자 아버님들이 광화문 길바닥에서 1년이 넘도록 장기 농성에 돌입했을 때, 김수근씨는 늘 그분들의 뒤를 지키며 곁을 떠나지 않았다. 밤이고 낮이고 주말이고 휴일이고가 없었다. 그는 말없이 생수통을 나르고, 초를 준비했으며, 쓰레기를 치우고, 당번을 섰다. 집회가 열리는 토요일이면 그는 시민들을 붙잡고 연락처를 받아 세월호 소식을 그때그때 문자로 보냈다. 일손이 모자랄 때면, 그는 사회를 보고, 율동을 맡아주고, 공개방송 MC로 나서기도 했다. 김수근씨는 심하게 낯을 가리는 성격이었지만, 유가족들 앞에서 제 사정을 따지지 않았다. 광화문에서 그는 '예스맨'이었다. 부탁하기만 하면 뭐든지 해주었다. 아니, 대부분은 부탁할 필요조차 없었다. 그가 '알아서' 챙겼기 때문이다.

청년당을 출범시키기 위해 아주 바쁜 김수근씨, 2016년 10월 탄핵 집회가 시작됐을 때부터 광화문 한켠에서 철야 투쟁을 벌여온 김수근씨, 그러나 세월호 관련 집회가 있을 때면 언제나 한결같이 집회장 한 구석에서 지금도 궂은 일을 마다않는 그를 만났다. 어떻게 그렇게까지 열심일 수 있었는지 묻고 또 들었다.

이게 맞나

» 본격적으로 광화문에 나오기 시작한 게 언제였나요?

"2014년 7월부터. 유민 아버지랑 다섯 분 아버지들이 단식[35]하시러

---

35 2014년 7월 14일 한겨레 기사 세월호 특별법의 조속한 제정과 법안 논의 과정에 가족들이 참여하는 '3자협의체'를 요구하며 단식농성에 들어갔다. http://www.hani.co.kr/arti/politics/politics_general/646931.html

광화문에 오신 날이 그 달 14일인가 그랬을 거에요. 단식 돌입하신 후 3, 4일쯤 지나서 합류했어요. 제가 소속된 민권연대가 세월호 대책위와 연합한 800여 개 시민사회단체 가운데 하나였거든요. 단체에서 한 명은 지원하자 그래서 그냥 제가 왔어요. (일할)사람들도 없고, (인파는)붐비고, (일도)많아지고 그래서 계속 있게 된 거죠."

》 공식적인 업무 지원차 들어온 거네요. 그렇지만 막상 와서는 온 갖 잡무를 다 맡았는데.

"쓰레기 치우는 일이 기본이었죠. (웃음) 그 외에도 힘쓸 일이 굉장히 많았어요. 짐도 나르고, 생수통도 교체하고. 혹서기라 다들 물을 찾았으니까…… 지금 상황실을 맡고 있는 경남이형과 그때부터 이것저것 다 했어요. 비가 내리면 물 새지 않도록 비닐도 치고…… 다 우리가 할 일이었죠. 그땐 상황실 자체가 없었을 때라."

》 그래요? 그러면 그때 도와주신 분들은 이 수근씨처럼 시민단체에서 지원을 나왔던 건가요?

"네. (희생자)아버님들 단식을 어떻게든 도와드려야 하니까. 유가족들은 이런 일이 처음이라 천막을 어떻게 치는지, 보도자료를 어떻게 뿌려야 하는지, 이런저런 것들을 전혀 모르셨으니까. 작은 것만이라도 힘을 보태드리고자 했어요. 유민 아버님이 단식을 46일인가 하셨잖아요. 저희도 그렇게까지 하실 줄은 몰랐어요. 도움이 된다면 뭐든지 해드리고 싶었죠."

» 이야기를 참사 당일로 돌려서, 사건 소식은 어떻게 들었어요?

"국정원 부정선거 건으로 저희가 청계광장에서 농성[36] 중이었어요. 처음에는 전원구조라고 하고 다 구한 줄 알고 있었는데, 저녁에 다시 상황을 보고는 이해가 안 가서 멍한 느낌? 이게 도대체 뭐지? 싶었어요. 실감이 전혀 안 났죠."

» 그리고 바로 촛불을 켜지는 않았잖아요? 언제 처음 촛불을 들었어요?

"4월 20일[37]에. 세월호 촛불을 광장에서 처음 든 거에요. 다들 어떻게 하나 지켜보고 있을 때라 괜히 잘못 했다간 역풍을 맞고 이럴까봐…… 정말 구조가 없었다는 게 막 보도될 때였어요. 에어 포켓이랑 다이빙벨 얘기 나오고…… 그래서 청년연대랑 여성연대랑 민권연대 몇 개 단체가 제안해서 촛불집회를 했어요. 그때부터 제가 촛불(집회) 담당이었죠."

---

36 2014년 4월 1일 노동U신문 기사. 4.19 범국민 10만 촛불 대행진 호소를 위한 국정원 시국회의 청계광장 단식농성 선포 기자회견 http://worknworld.kctu.org/news/articleView.html?idxno=242847

37 2014년 4월 21일 미디어와이 기사. 민권연대 등 5개 시민단체 소속 회원, 시민 등 150여 명이 20일 저녁 7시 종로구 동화면세점 앞에서 실종자들의 무사 생환을 기원하는 촛불집회를 열었다. http://www.mediawhy.com/news/articleView.html?idxno=47232

» 담당이라면, 어떤 일을 한 건가요?

"무대 제작, 영상 구성, 마이크 설치 같은 거······ 오후 4시 쯤에 차로 필요한 물품 날라서, 영상 틀고 같이 촛불 들자 그랬죠. 그때부터 매일 했어요."

할 수 있는 게 없으니까

- -

> KBS 대표이사는 공개 사과하고 보도하라
>
> 김시곤 보도국장을 파면하라
>
> 우리는 이제 청와대로 간다
>
> 유족들의 발표 내용입니다
>
> 유가족들이 외치십니다.
>
> "우리가 국민입니까~~"
>
> 더 이상은 이분들만의 싸움이 되어서는 안 됩니다.
>
> 나오십시오.
>
> — 2014년 5월 9일 김수근 씨 페이스북

» 그리고 얼마 안 있다가 희생자 부모님들이 안산에서 서울로 다 올라오셨잖아요.

"네, 파이낸스 빌딩 옆에서 조그맣게 하고 있는데, KBS에 항의하러 갔다가 광화문으로 오셨다[38]는 이야기를 듣고 앰프랑 물품 챙겨서 차로 계속 쫓아다녔어요. KBS가 제대로 사과 안하니까 유가족들이 청와대로 가자, 그러셨거든요. 그래서 광화문에서부터 영정 들고 행진하셨죠. 그때가 처음으로 청와대로 향하신 거였어요."

» 광화문에서 청운동으로 행진했을 때, 경찰이 막지는 않았나요?

"영정 행진이라 걔네도 당황했는지 처음엔 완전히 봉쇄하진 않았어요. 그러다 청운동에서부터는 가로막았죠."

» 어떻게든 도우려고 무작정 뒤꽁무니를 쫓아갔던 거죠?

"그렇죠. 사전 요청은 전혀 없었어요. 유가족들이 농성을 해보신 것도 아니고 집회를 해보신 것도 아니고. 행진하다 막으니까 당장 주저앉는데, 철야 노숙을 하려고 해도 깔개도 없고 아무것도 없는 거죠."

» 아이고…….(한숨)

---

38 2014년 5월 9일 프레시안 기사. KBS 김시곤 보도국장의 세월호 참사를 연간교통사고 비유에 세월호 유가족이 공개사과를 요구하며 KBS 항의방문. http://www.pressian.com/news/article.html?no=116988

"우리라도 상황을 대비해야 한다, 그랬죠. 청운동에서 막힌 유가족들이 그냥 육성으로 소리치고 계시니까 시민단체 분들이 마이크가 있었으면 좋겠다고 하시고. 또 '앰프 어디 없냐' 그러셔서 마침 저희가 갖고 있다고. (웃음) 준비한 거 다 설치하고, 필요한 것 드리고 그랬죠."

» 그날 청운동에서 밤새웠는데, 철야농성이 될 거라고 예상하셨어요?

"노숙하실 줄은 몰랐죠. 혹시나 해서 준비는 했지만."

» 유가족들의 분노하신 모습을 바로 옆에서 보였잖아요. 그날 밤엔 정말 조심스러웠을 것 같은데.

"그때는 뭐…… (한숨) 저희가 할 수 있는 게 없으니까."

돈을 내고라도 하자

» 그렇게 청계광장에서 매일 촛불집회를 열다가, 보름 쯤 후부터인가는 주말마다 하는 걸로 바뀌었던 것 같은데.

"그때 제가 6.4 지방선거에 중구 시의원 후보로 나갔거든요. 5월

24일부턴가 본격적인 선거 운동 시작이라서 청계 광장에 천막 치고 청와대로 리어카 끌고 진격하고 그랬어요. 대자보에 '아이들을 살려내라' '국정원 인천지부, 제주지부 왜 그랬는지 밝혀야 한다' 세월호를 주 내용으로 해서 '박근혜 퇴진[39]'을 주장했어요."

» 중구 후보로 출마했는데, 그렇게 청와대까지 가도 괜찮은 건 지?

"제가 중구에서 선거 운동을 안했거든요. (일동 웃음) 청계 광장에 제가 천막 친 데까지가 중구고 그 너머부터가 종로구였어요. 선거 사무소만 거기 있고, 청와대로 진격하는 거죠. 종로구로 넘어가는 건 불법이었어요. 그래서 이게 서울시장 유세 지원이다 그러면서. (일동 웃음) 세월호 얘기 막 떠들다가 마지막에는 '서울 시장 누구를 뽑아주십시오' 했어요. (일동 웃음)

» 월세 보증금을 빼서 선거비로 썼다던데?

"네. 보증금 500만 원 있던 거 빼서. 기탁금 400만 원 내고 나머지는 선거비로 88만 원 썼어요. (웃음) 그리고서 선거 마친 뒤로는 아는 형 집에 얹혀 살았죠. 엄마한테는 비밀로 하고. (웃음)"

---

39 2014년 5월 25일 오마이뉴스 기사. '박근혜 퇴진' 선거 벽보. 김수근 서울시의원 후보. http://www. ohmynews.com/NWS_Web/View/at_pg.aspx?CNTN_CD=A0001995486

» 선거를 혼자서 치르셨잖아요. 회계 같은 복잡한 문제도 있고. 하다 보면 이상한 사람들이 시비를 걸기도 하고. 선거에 나가서 그렇게 많은 지지를 받았다고 할 수는 없어서 여러모로 굉장히 힘드셨을 거 같은데. 이번에 선거를 또 나오셨잖아요?

"선거기간이 되면 개인이 정부 비판이나 이런 걸 못 하게 되고 집회도 굉장히 제한이 많아져요. 저희가 주장하는 핵심은 정권을 비판하는 건데, 그러면 돈을 내고 선거에 후보로 나가서라도 하자. 그러면 유세를 아무 데서나 마음대로 할 수 있는 장점이 있으니까. 당선을 목표로 출마한 게 아니라 큰 어려움은 없었어요. 선거법, 회계 이런 건 처음이라 굉장히 어려웠는데 어차피 우리는 돈을 안 썼으니까. 기본으로 해야 하는 공보물, 벽보에만 돈 쓰고 리어카산 정도 외에는 거의 비용이 안 들었어요."

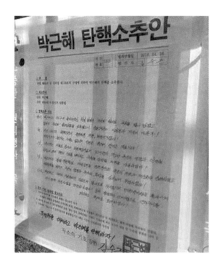

김수근씨의 국회의원 선거 벽보.
출처 : 김수근씨 페이스북

» 국회의원 선거에는요?

"그때도 딱 500만원으로 선거했어요. (시의원 선거보다 국회의원 선거가 투표권자)인원이 많아서 공보물, 벽보를 탄핵소추안 딱 한 장으로 만들었는데도 그 비용만 3백만원 이상 들더라구요. 다른 후보는 컬러로 몇 페이지 씩 만드는데 저는 흑백 한 장. 뒷장은 무조건 정보 공개를 해야 해서 주장하는 내용은 앞장에 만 담을 수 있는 거에요. 그게 탄핵소추안[40] 이었죠. 그거 11만부. 비용이 3백만 하고 얼마. 전보다 좀 더 썼죠."

> » 선거 중에 천막도 철거당하고 간섭이 많았는데, 끝나고는 별일
>   없었나요?

"선거 끝나고 바로 서초경찰서에서 출석요구서를 보냈어요. 그래서 '정치적 탄압이다. 안 나간다' 그랬죠. 그런데 마냥 거부하다 보면 정식 재판을 받더라도 벌금이 나올텐데 그걸 낼 수도 없는 거고. 차라리 그럴 바엔 우리가 공세적으로 대응하자 해서 법조계에 아는 분께 물어봤죠. 천막 선거사무소 철거 행위를 고소하고 싶다니깐 '이건 합법적인 행위였다는 게 충분히 조각사유가 되어서 싸워 볼 수 있겠다' 해서 민사와 형사 두 축으로 소송을 진행하기로 했어요."

> » 부모님들 반응은 어떠세요? 고향이 발칵 뒤집혔다는 얘긴 들었
>   어요. (웃음)

---

40 2016년 4월 1일 오마이뉴스 인터뷰. "총선 벽보에 '박근혜 탄핵소추안' 붙인 이유는.." http://www.
    ohmynews.com/NWS_Web/View/at_pg.aspx?CNTN_CD=A0002196171

나오십시오 : 김수근

"원래는 전혀 모르셨는데. 아셔봤자 괜히 또 걱정하시니까."

> 기사를 보고 알게 되신 건가요?

"동네 아저씨랑 몇몇 분들이 신문에서 보고 엄마한테 얘기한 거예요. '혹시 수근이 선거 나간 거 아니야?' (일동 웃음) 엄마는 모르고 있다가 뭔가 이상하니까 저한테 전화해서는 '자기 빼곤 다 안다'고…… (일동 웃음) 그래도 지지해 주셨어요. 농부시다 보니까 민주노동당 때도 강기갑 대표가 나와서 연설하고 하면은 '농민들 생각하는 건 민주노동당밖에 없더라' 해서 정당투표도 민주노동당 찍으셨고. 통합진보당 되고 종북몰이 한 번 당하고 나서는, '좋은 건 알겠는데 감옥 간다' '감옥 가면 안 된다'는 게 머리에 박히신 거예요. 아들이 위험해질까 봐."

축구만 했어요.

> 부모님들은 당연히 그러실만 하죠. 강원도에서 대학까지 나왔던데. 서울에는 언제 왔어요?

"2008년 6월 광우병 사태 때. (일동 웃음) 제가 대학 때는 활동이나 이런 걸 전혀 안 했거든요. 그냥 놀기만 했어요."

» 한량이었군요? (웃음)

"강원대학교 경영학과 나왔는데, 적성에도 안 맞았고. 그래서 애들이랑 고기 구워 먹고 술 먹으러 다니고 축구하고."

» 정말?

"네."

» 그럼 그 전에 학창시절은 어땠어요?

"초등학교 때부터 축구만 했어요."

» 전문 선수로 뛴 건가요. 직업 축구 선수를 희망하는?

"축구부를 하긴 했는데, 워낙 시골이라서 도시 축구부랑은 좀 달라요. 군수 배 체육대회 이런 게 1년에 한 번씩 있어요. 그러면 한두 달 전에 소집해서 연습하고. 도민체전 있으면 2부 리그같이 군(郡) 대항전이 먼저 있어요. 그러면 2달 전에 소집해요. 두 달 연습하다가 도민체전 나가서 뛰고. 전문 축구부 같이 딱 그런 건 아니었는데. 초중고 시절에 다 축구부이긴 했죠. 엄청 잘하는 편은 아닌데."

» 대학에서는 경영학을 전공했잖아요.

"제가 재수를 했거든요. 그때가 2002년 월드컵 때였는데, 재수할 때 내내 축구만 하면서 놀다가 시험을 봤죠. 봐야 하니까 봤는데, 강원대 웬만한 과는 합격할 수 있는 점수가 나오더라고요. 대학에 입학한 친구들이 경영학과랑 법대생이었는데 '어디 가면 좋겠냐', '어디가 재밌냐' 물었더니만 경영대 다니던 친구가 요번에 경영대가 대동제에서 축구 우승해야 한다고 빨리 들어오라고 해서."(일동 웃음)

» 그래서 대학 내내 축구만 했어요?

"네. (일동 웃음) 입학해서 바로 경영대 축구 동아리 시작해서 4년 동안 또 축구만 했죠."

사람답게 살아야겠다.

» 그렇게 축구만 하다가 어떤 계기로 2008년 6월에 올라오게 된 거예요? 정말 광우병 사태 때문에?

"졸업할 시점이었구요. 저희 형이 노무사 공부할 때였는데, 저는 노무사가 뭔지도 몰랐어요. 그때만 해도 간호조무사? 그런 거랑 헷갈렸을 정도에요. 형이 노무사에 관한 글 하나를 보내줬어요. 그걸 읽다가 펑펑 울었죠. 노동자를 대변한다는 아주 정의로운 내용이었어요."

» 그래서 노무사 시험 보러 올라 온 거예요?

"겸사겸사. 제가 시사인 잡지를 챙겨봤는데, 당시 기륭전자 문제가
엄청 실릴 때였거든요. 서울 올라가서 기륭을 한 번은 가봐야겠다.
(생각하고) 서울 오자마자 광우병 집회에 한 번 가봤더니 촌에서만
살다가 이게 새로운 경험인 거잖아요. 사람들이 촛불 들고 뛰어다
니고 물대포 쏘고. 이게 장난이 아니구나. 그러다가 혼자서 기륭도
가고, 촛불집회도 가고. 처음에는 프락치냐고 의심도 받고요. (웃
음) 왜냐면 갑자기 어디서 이상한 애가 나타나 가지고."

» 매일 가셨던 거죠?

"기륭전자요? 네. 매일 아침마다…… 그때 제가 신림동 고시원촌
에 있을 때라서. 새벽 5시에 일어나서 갔어요. 직원들 출근할 때 밥
그릇치고 꽹과리 치고 선전전 하잖아요. 그걸 한 6개월 이상 같이
했거든요. 그렇게 하다가 노무사 1차 시험을 봐야 돼서. 제가 붙어
서 같이 싸워드리겠다, 이런 말씀을 드렸는데. 2년 정도 떨어지고.
대학도 졸업해야 돼서…… 그러다 시간이 흘렀는데 2012년 대선.
도저히 박근혜는 아니다 해서 아예 상근활동을 시작했죠."

» 광우병 집회를 처음 접하고 기륭전자 농성에 참여하다 민권연대

상근자가 되기까지의 과정이 물 흐르듯 자연스러운 일이었나요? 어려움은 없었어요?

"처음에는 활동가를 하자 그런 생각을 안 했어요. 저는 학생운동도 안 해봤고. 민권연대도 그렇고 진보단체는 대개 학생운동 출신들이 상근자를 맡더라구요. 저만 특이한 케이스에요. 늘상 틈틈이 일을 도왔고, 집회나 행사 있을 때면 같이 만났고 해서 따로 활동가가 되어야 하느냐 마느냐를 크게 고민할 일이 없었죠."

  » 상근자를 맡는다는 게 참 어려운 일이던데요. 집회 조직하고 이런 거뿐만이 아니라 사안마다 건건이 공부도 해야 하고. 주말이 없는 삶이기도 하고.

"주말이 제일 바쁘죠. 집회도 열고 사람도 만나야 하니까."

  » 체력적으로 힘든 데다, 최소한의 생활 보장을 해줄 만큼 돈을 버는 것도 아니어서…… 초기에 그게 괴롭거나 힘들지는 않았어요?

"제가 본 분들은 다 그렇게 하시는 분들이셨어요. 하나같이 돈도 안 받으면서 애도 키우고 감옥까지 다녀오고…… 저는 태어나서 그런 사람들을 처음 본 거예요. '이 사람들은 왜 이렇게 살지?', '남들 보기에도 없어 보이고 누가 알아주지도 않는데' 처음엔 그런 시각이 있었죠."

» 그런데요?

"이 나라는 왜 이런가를 역사적으로 살펴보니까 친일파가 청산되지도 않았고, 반공을 국풍으로 이용해 계급 모순, 국가 모순의 이중 모순 속에서 민중들만 착취하는 구조라는 것도 알게 됐고. 저는 혼자인데다가 돈을 크게 벌어야 겠단 생각도 없었고. 시작하고 나서는 정말 만족스러웠어요. 수많은 피해자들과 함께 싸우면서 내가 살아 있구나! 사람답게 사는 구나 이런 생각을 처음 했어요. 그게 다른 삶이 시작된 계기가 됐죠."

난 광화문 지킴이다.
- -

내리는 것이 눈인지 비인지
내 알 바 아니다
나는 천만 서명을 받고
4.16 약속 지킴이를 받고
노란 리본을 만들고
피케팅을 하고
진실만 전하는 방송을 하고
사랑방에서 커피를 만든다

난 광화문 지킴이다!

지킴이 여러분~~만세~~!!!^^

- 2014년 12월 15일 김수근씨 페이스북

» 다시 세월호 얘기를 하면. 초기에 상황실 활동을 계속하셨잖아
요. 시민들과 함께 세월호를 기억하자는 캠페인인 '416 약속 지
킴이'의 개념을 처음 만든 것도 수근 씨 아니었나요?

"만든 건 아니었고요. 그런 사업을 하자 해서 담당을 제가 맡은 거
예요."

» 그래요? 그럼 처음 시작은 어떻게?

"그때가 겨울이 시작되면서 사람들이 빠지기 시작했을 무렵이었
였어요. 겨울에 춥고 썰렁한데, 광화문에 (희생자)아버지랑 우리들
밖에 없는 거예요. (희생자)아버님들이 '맨날 너희만 있으면 뭐하
냐' '다른 사람들 모아 와라' 그러셨어요."

» 특별법이 반쪽으로 통과되고, 한동안 광화문에 사람이 없었잖
아요.

"확 이슈가 됐다가 가라앉았을 때였고 어용단체에서 맹공격을 해
서 왜곡된 내용을 제대로 알리자, 개별적으로 문자도 보내고 주기

적으로 이메일도 쏘자, 그랬어요. '72시간 필리버스터[41]' 연속 방송을 한 것도 '언론이 왜곡하니까 우리가 언론을 만들어야 한다' 그런 마음이었죠. '광화문 TV[42]'도 그래서 했던 거고 '416 약속 지킴이'도 그랬어요. 앞으로 어떻게 싸워나갈 것인가. 지금 이 상황에서 어떻게 알릴 것인가."

» 그때 희생자 아버님들이랑 그런 고민을 정말 많이 했죠.

"서명해준 사람들이 엄청 많았잖아요. 그분들에게 알릴 수 있으면 좋은데. 연락해도 된다고 동의를 받은 게 아니라서 이제부터라도 동의를 받고 계속 연대할 수 있는 사람을 모으자."

» 그래서 따로 '약속 지킴이'를 만든 거네요.

"네. 이름은 '416 약속 지킴이'로 하자 그랬죠. 4.16연대가 아직 만들어지기 전이었어요. 그때부터 서명하는 분들께 연락처를 받아서 일주일에 한두 번씩 문자 보내드리고 토요 촛불집회도 알려드리고 그랬어요."

---

41 성역없는 진상규명 무력화 시도에 맞선 광화문 72시간 시민연속발언대로 10/27(월) 오전 11시 ~ 10/30(목) 오전 11시, 광화문 광장에서 이어졌다. http://sewolho416.org/3077

42 '세월호의 진실만을 전하고자' 정치권과 언론의 왜곡보도에 맞서 시민들이 자발적으로 세운 대안 언론 조직으로, 페이스북 페이지를 운영 중이며, 유튜브, 아프리카에도 채널이 있다. https://www.facebook.com/sewolhoTV/

» 어떻게 보면 4.16연대의 전신이군요?

"어찌 보면요. 광화문에 있는 사람은 딱 몇 명 뿐이었던 터라, 누군가 문자를 보내는 것만해도 큰 일이었던 거에요. 내용 작성해서 천 명 넘게 쏘고, 또 답장 오면 일일이 답해 드리고…… 담당자 없이 장기적으로 하기가 어렵더라구요. 그러다 4.16연대가 준비되고, 연대로 통합, 전환되면서 자연스럽게 회원 사업으로 흡수됐죠."

» 희생자 아버님 중에서는 '민우 아빠'(단원고 2학년 7반 故 이민우 군 아버지 이종철 씨)가 담당이었잖아요.

"아버님 중에서는 민우 아버지셨고, 스탭 중에서는 저랑 (박)현주 씨가."

» 나름 관리를 잘했다고 하더라고요. 초기에 지인들도 몇 명 가입했었는데, 텔레그램 방에서 매일매일 소식도 보내줬다고. 토요일에 모임도 하고 그랬잖아요.

"(웃음) '약속 지킴이' 공식 모임도 열었죠. 민우 아버지가 '언제까지 받기만 할 거냐', '사람들이 (소식을)잘 받고 있는지 확인해라', '약속 지킴이 번개를 해라', '사람들이 나오는지 보자' 그래서 모임을 했는데, 촛불집회에 자주 나오시던 분들이 많았죠. 그렇지만 처음 나오신 분들도 계셨어요."

» 모임을 여는 건 좋은데 이게 유가족들이 관심있게 보시는 일이라 잘 돼야 하잖아요. 호응이 적으면 실망하실 테니까. 그래서 내심 부담이 큰 작업이기도 한데.

"그렇죠. 혹시 잘 안 될까 첫 모임도 어렵게 열었고⋯⋯ 그런데 광화문은 이상한 곳이에요. 약속지킴이 회원 신청을 광화문에서 받지만, 막상 서울 사람이 별로 없어요. (웃음) 근처 직장인들도 있긴 하지만 회원의 반 이상은 지방 사람이에요. 경기도도 많고 부산도 있고"

» 서울 온 김에 광화문으로 와서 가입해 주는 거군요.

"그냥 추모하는 마음, '안됐다. 슬프니까 저렇게 하겠지, 유가족들 빨리 안정되게 해줘야지' 이 마음이지 '내가 지금 촛불을 들어야겠다' 이 마음까지는 아닌 거예요. 정부가 일부러 구조하지 않았다, 에도 동의하지 않는 분들이 대부분이었어서. 그래서 관련 기사, 보도를 문자로 보내드리고, 그런 걸 보시게 되면 모임에 나오지 않으실까 싶어서 차근차근 준비해 겨우 첫 모임을 했는데. (희생자)아버지들께서 두 번째 모임은 왜 안 하냐고 그러셔서. (일동 웃음) 그래서 두 번까지는 모였고 그 뒤로는 한 달에 한 번씩 만나기로 했는데, 이후에 4.16연대로 통합되면서 자연스럽게 정리가 됐어요. (웃음)"

몇 천 년이 지나도 기억할 수 있도록

» 유가족들 곁에서 이 싸움을 오래 해오셨는데, 그분들께 혹시 드리고 싶은 말씀이 있을까요?

(주저하며) "글쎄요."

» 사소한 거라도 괜찮으니까.

"지금까지 (희생자)부모님들께 따로 말씀을 건넨 적이 거의 없어요. 광화문에서 같이 농성했던 영석 아버지나 민우 아버지 외에는."

» 그 이유가 미안해서 그런 건가요?

"죄송하기도 하고…… (한숨) 제가 감히 알 수 없는 그런 고통을 겪으신 거라서, 그리고 사회적으로도 정말 난감한 상황에서 맨 몸으로 싸우게 되신 거라서. 어떤 말씀도 위로가 안 될 거에요. 저는 그냥 유족들이 하시는 얘기를 한 번이라도 더 외치고, 최대한 옆에 있으려고 한 것뿐이에요."

» 세월호 농성장에서 아주 오래 활동하셨잖아요. 그 과정에서 가장 가슴 아팠던 경험은?

"글쎄요. (고민하다가)삭발하신 거. 결국엔 삭발까지 하시게 해야 했나. 우리가 잘 못 싸운 것도 있고. 정치적으로 내몰린 상황에서 삭발을 말릴 수도 없었고. 그렇게라도 이슈화해야 하는 이 엄혹한 사회가…… (한숨) 그때 저도 바로 삭발했거든요. 조용히 몰래 뒤에 가서. (눈물) 그런 상황이 가장 아프죠. 결국 우리가 승리해서 다 밝혀지고 할 테지만."

» 그 승리라는 건 어떤 걸까요?

"세월호 참사가 518이랑 비슷하다고 하잖아요. 이런 참극이 반복되지 않도록 하는 게 승리라고 생각해요. 그러러면 끝까지 조사해서 철저하게 처벌해야 한다고. 그 과정을 역사에 남겨서 앞으로 몇천 년이 지나도 기억할 수 있도록 해야 한다고 생각해요."

2015년 11월, 김수근씨는 세월호 광장에서 함께 활동하던 또다른 '지킴이' 곽서영씨를 만나 결혼했다. 그리고 다음 해에 아이도 낳았다. 두 사람의 만남과 결혼, 출산의 과정을 가까운 곳에서 지켜보며 함께 기뻐하고 축복할 수 있던 것은 세월호와 함께 하면서 얻은 작은 행운이었다.

수근씨와 서영씨가 결혼을 앞둔 어느 날, 같이 밥을 먹다가 수근씨에게 원래 꿈은 뭐였냐고 물었던 적이 있다. 그랬더니 수근 씨는 '힙합'가수라고 대답했다. 그가 광장에서 굉장히 뻣뻣한 동작으로 율동에 참여했던 것을 봐왔던 까닭에 실없는 농담이라 생각하고 웃어넘겼더니 그는 '저 랩 잘해요'라며 크게 웃었다. 그리고 얼마 뒤 결혼식장에서, 그는 직접 노래하고 랩하며 신랑 입장을 했다. 솔직히 그날 수근씨의 랩이 훌륭한 편은 아니었다. 하지만 아무도 예상하지 못했던 신랑의 랩과 노래 공연은 결혼식장의 엄숙하고 긴장된 분위기를 한 순간에 유쾌하게 바꿨다. 하객으로 참석한 산골짝 어르신들은 '빨갱이' 젊은이가 결코 과격하지도, 불온하지도 않은 밝고 명랑한 우리의 이웃 가운데 하나라는 걸 직접 확인할 수 있었다.

예식의 마지막 순서인 신랑신부 행진에 앞서 다시 마이크를 잡은 수근 씨는 '이 땅에 태어난 모든 사람이 자기가 꿈꾸는 걸 하면서 행복하게 살 수 있었으면 좋겠다', '그런 세상을 꼭 만들고 나서 저는 힙합 가수가 되고 아내는 사진 찍고 글을 쓰는 작가가 되겠다'는 다짐을 들려주었다. 그것은 부부가 앞으로 어떻게 살겠다, 는 포부이자 다짐이며 지지 않고 꾸준히 세상을 바꿔가겠다는 굳센 약속이기도 했을 것이다.

수근씨와 서영씨, 그리고 그들 사이에서 태어난 아이, 민해가 그들이 꿈꾸는 세상에서 그 꿈보다 더 행복하게 살길 바란다. 그리고 우리 모두가 그렇게 살기를 바란다. 그때까지 수근 씨가 항상 외치듯, '투쟁!'

곁에
있을 수
있으니까

'거리의 변호사'였던 국회의원 _ 박주민 (1973년생, 서울시 은평구 역촌동)

2016년 3월, '영석 엄마' 권미화씨는 목에 늘 걸고 다녔던 아들의 학생증을 벗었다. 2년 만이었다. 숨을 깊이 들이마시고는 평소에 유니폼처럼 입고 다녔던 노란색 상의도 눈에 띄지 않는 무채색 옷으로 갈아입었다. 그러고서도 혹시 '유가족처럼 보일까' 거울 앞에서 옷차림을 여러 번 살펴보고서야 안산의 집을 나설 수 있었다. 지하철 첫차가 출발한 지 얼마 안 된 이른 시각이었지만 마음이 바빴다. 2시간 가량 걸리는 서울 은평구의 한 국회의원 후보의 선거사무실까지 가야 해서다.

남들보다 일찍이 도착한 사무실에서 그녀는 창문을 모두 열어놓고 빗자루를 손에 쥐었다. 일단 큰 먼지를 쓸어낸 후 밀대를 물에 적셔 바닥을 문질렀다. 하루에도 수많은 사람이 드나드는 공간이라 아침 저녁으로 치우고 닦아도 금세 더러워졌다. 다른 이들이 출근하기 전에 청소를 마쳐두고 싶었다.

오전엔 매일같이 회의가 열렸다. 사무장을 비롯한 일꾼들은 회의실에 모여 긴박하게 현안을 의논했다. 후보의 얼굴은 보이지 않았다. 출퇴근 시간마다 그는 지하철역 등지에서 선전전을 펼쳐야 했기 때문이다. 주민들이 많이 오가는 동네의 길목을 지키고 서서 하루에도 수십 번 자신의 공약과 얼굴을 알려야 한다. 때로는 연설을 해야 할 때도 있다. 그러느라 바빠 정작 후보 자신은 선거 사무실에 들르지 못할 때가 많다. 자원봉사자들은 그런 후보와 따로 또 같이 움직이며 홍보 활동을 벌인다. 남편 오병환씨와 다른 유가족들도 지금쯤 어딘가에서 인형 탈을 쓰고 춤추고 있을 것이었다. 피로에 쩔어 부부가 사무실 근처의 모텔에서 하룻밤 잠을 청할 때면 남편은 어디가 아픈지 밤새 끙끙거렸다. 난생처음 춤을 추는 터라 힘들만도 했다.

청소가 끝나면 권미화씨는 하루 종일 전화통을 붙잡고 씨름했다. 당원들에게 전화를 돌려 지지를 호소하기 위해서다. 한나절 내내 전화통화를 하고 나면 입안이 마르고 목소리가 나오지 않았다. 잠깐 짬이 나면 그녀는 피켓을 들고 거리로 나섰다. 뭐라도 하고 싶었다. 다시 사무실로 돌아올 때면 목이 꽉 부어서 저녁을 먹을 수 없는 때가 많았고, 바깥에서 춤을 추다 땀을 너무 많이 흘려 핏기없이 돌아온 남편과 인사조차 나누기 힘들 정도로 진이 빠질 때가 다반사였다.

마침내 선거일이었다. 부부는 선거사무실 옆에 세워둔 자동차에서 선잠을 자다가 새벽같이 일어나 안산으로 돌아갔다. 지역구 투표를 하기 위해서였다. 그리고 다시 은평으로 향했다. 이번에는 투표감시 요원 역할을 하기 위해서였다. 투표소 입구에서 주민들을 맞으며 서 있는데, 마침 영석이 또래의 아이들이 투표소로 들어오고 있었다. 그녀는 웃으며 물어보았다. "첫 투표니?"

그 애들이 대답했다. "네." 그러자 그녀는 자신도 모르게 덧붙였다. "축하해." 아이들은 의아한 듯 그녀를 바라보다가 이내 투표소로 들어섰다. 그날 저녁, 더불어민주당 은평갑 선거사무실은 지지자들의 함성으로 뒤덮였다. 54.9%의 득표율로 새내기 야당 후보가 당선된 거였다. 청소도구와 인형 탈을 내려놓은 권미화씨 오병환씨 부부는 서로 부여안고 줄줄 눈물만 흘렸다. 유가족들의 한 맺힌 울부짖음에도 벽처럼 꿈쩍 않던 '국민의 대의기관' 국회에 '세월호

세월호 유가족들과 함께한 박주민 캠프의 선거운동 © 박주민 의원실

유가족 법률대리인'이 진출한 거였다. 아니, 어쩌면 304명 희생자들 모두가 입성한 셈일지도 모른다. 유가족들이 그토록 헌신하고 희생하며 반드시 여의도로 보내고 싶었던 사람은 바로 변호사 박주민이었다[43].

의정활동으로 바쁜[44] 그를 어렵게 만난 장소는 백남기 농민의 빈소가 차려져 있던 서울대병원 장례식장이었고, 날짜는 2016년 10월 24일이었다. 그러니까, 경찰이 유효기간을 하루 앞두고 강제 부검

---

43 2016년 4월 20일자 시사인 기사 "탈 쓰고 은평 누빈 세월호 부모 이야기 "의 일부를 권미화씨와의 인터뷰를 통해 재구성했다.http://www.sisain.co.kr/?mod=news&act=articleView&idxno=25880

44 참고로 '초선' 박주민 국회의원은 '2016 대한민국 의정대상(지방자치 TV 주최)', '2016 대한민국 모범 국회의원 대상(언론기자협회 등 주관)', '2016년도 국정감사 우수 국회의원상(국감 NGO 모니터단 선정)', '제 18회 백봉신사상(백봉 기념사업회 선정)' 등 열정적인 국회 활동으로 수많은 상을 받았다.

영장의 집행을 포기하겠다 표명해 식장 안팎이 환희에 찬 시민들로 들끓었던 바로 그 날이었다. 박주민은 예의 그 부스스한 얼굴로 우리를 맞았다. 그는 며칠째 빈소를 지키던 중이었다.

"변호사가 여길 왜 와? 나가!"

» 박주민, 하면 '세월호 변호사'를 바로 떠올릴 정도가 됐는데, 세월호 유가족들과는 어떻게 만난 건가요?

"참사가 터진 후에 가만히 있을 수 없어서 촛불집회라도 하자고 제가 개인 페이스북에 공지를 띄웠어요. 그해 4월 28일이었을 거예요. 그때 페북 친구가 채 50명도 안 됐을 땐데 오시겠다는 분이 많았어요. 그래서 집회 신고를 해야겠는데, 막상 하려고 보니 방법을 모르겠더라구요. 제가 나름 집회 전문 변호사였는데, 정작 저는 집회를 주최해 본 적이 없었던 거죠."

» 그때가 청와대 초입, 청운동 동사무소 앞에서 열렸던 집회였죠?

"맞아요. 물어물어 집회 신고를 냈고, 다음 날 저녁에 모인 20여 분과 함께 촛불을 들었어요. 무사귀환을 기원하고, 임형주씨의 번안 추모곡 '천 개의 바람이 되어'를 같이 부르는 걸로 끝냈죠. 짧고 간단한 추모집회였는데, 경찰이 관심이 많더라구요."

» 어떤?

"집회신고 직후에 경찰에서 전화가 왔어요. 꼭 해야겠냐고. 그래서 뭔 소리냐. 우리는 평화롭게 촛불을 들 거다, 했더니 거기가 원래 집회신고를 안 받아주는 곳인데 변호사님이니까 해주겠다, 이런 말도 안 되는 소리를 하더라구요. 집회 구역과 인원도 제한하려고 들고. 그래서 제가 화를 냈어요. 왜 통제하냐고. 집회는 허가받는 게 아니라 신고하면 끝인 건데."

» (한숨) '집회 전문 변호사'가 집회를 하려고 해도 제약이 많군요.

"그러다 민변[45]에서 세월호 유족들을 돕자고 뜻이 모여서 공식적으로 나서게 된 거예요. 대응할 현장이 많아서 처음엔 저 외에도 두 분이 더 담당하셨어요. 한 사람은 서울에서 일을 하고, 또 한 사람은 팽목으로 가고, 저는 안산으로 가…… 나눠서 뛰게 된 거죠."

» 유가족들이 도와달라 요청해서 왔던 게 아니었군요?

"그랬어요. 제가 이런 분야에 경험이 많잖아요. 강정, 밀양, 쌍용

---

45 민주사회를위한변호사모임의 약자. http://minbyun.or.kr/ '기본적 인권의 옹호와 민주주의 발전에 기여'하고자 앞장선 변호사들이 자발적으로 결성한 단체로 회원 1천여명의 회비로만 운영된다.

차…… 아마 민변에서도 제일 많을 거예요. 법 전문가가 필요하게 될 거라 생각했고 그래서 그냥 찾아갔어요. 누가 가라고 떠민 것도 아니었구요."

» 유족들이 반겨주시던가요.

"(웃으며)그때 가족 대책위 사무실이 안산 와스타디움에 있을 때였는데, 엘리베이터를 타면 그랬어요. '너 누구냐' '왜 왔냐', 그러면 '저 변호삽니다' 이렇게 이야기해도 '변호사가 여기에 왜 와?' 이런 식의 반응이었고, 회의에 참석하는 것도 어려웠어요. 늘 의심받았죠. 몇몇 분들은 '변호사가 필요하다니까' 그러셨지만, '변호사가 왜 필요해! 나가!' 이런 분도 계셨죠."

» 도와드리자고 온 건데, 뜨악한 시선에 당황하지는 않았나요?

"현장에 많이 있어 봤으니까…… 아시다시피 초기부터 국정원이나 경찰 정보관, 기자들이 팽목과 안산에 쫙 깔려있던 상황이었고 그 사람들이 가족이라고 사칭하며 피해자 가족들 사이에 끼어들어서 유가족들이 인간에 대한 불신이 굉장히 심해진 상태였어요. 충분히 그럴 만 했죠."

» 법률 상담은커녕 말도 붙이기 힘든 시기였는데, 그럼 초반엔 어떤 일을 한 건지?

잊지 않을게, 절대로 잊지 않을게

"처음에 들어가서는 회의하실 때 음료수 놔드리고 회의 끝나면 음료수 치우고, 쓰레기통 비우고, 의자 더 필요하면 의자 갖다 놓고. 계속 옆에 서 있고 그랬죠. 밥도 제대로 못 먹었어요. 밥을 누가 챙겨주는 것도 아니고 짜장면이 배달되어 오는데 제 거가 있는 것도 아니고."

» 민망했겠네요.

"엄청 쭈뼛쭈뼛거렸죠. 맨날 욕먹고. '너 누구냐!' '네, 변호삽니다' '왜 변호사가 여깄어?' 이러저러해서 있다고 하고 그러면 또 다른 분이 오셔서 '너 누구냐!' '네, 변호삽니다' '왜 변호사가 여깄어!' '네, 죄송합니다 어쩌고……' 이걸 하루에도 몇십 번씩 계속하고 그랬죠."

큰 도움은 못 됐다는 헌신의 변호사

안산 와스타디움 세월호 희생자 및 실종자 가족 사무실에 있다.
그냥 이 순간을 잊지 않으려 글을 남긴다.
　　　　　－ 박주민 2014년 5월 16일 페이스북 전문(위치 표시 경기도 안산)

지인들은 노래방에 있다 치킨을 뜯고 있다 자랑질(?)하는 동안
경찰에 둘러싸여 길바닥에서 세월호 관련 증거보전절차 의견서

쓰는 중이다. ㅎㅎ 그래도 맘은 편하다. 그리고 (나도)꼭 치킨 먹을 것이다.

– 박주민 2014년 8월 14일 페이스북 전문(위치 표시 서울)

동이 터오르고 있다. 청운동 동사무소 앞에서 자려고 누웠으나 비가 오락가락해서 몇차례 일어나다 보니 제대로 잠을 자지 못했다. 밤이 매우 짧았던 것 같이 느껴진다. 어머님들과 아버님들은 아직 누워계신다. 오늘은 아마 긴 하루가 될 것 같다.

– 박주민 2014년 8월 23일 페이스북 전문(위치 표시 서울)

» 유가족들과 편하게 얘기하게 되기까지 얼마나 걸렸나요?

"근 한 달 가까이 걸렸죠…… 유가족분들이 버스 대절해서 다시 팽목항으로 내려가시는 날이 있었는데 다른 변호사들이 못 간다고 해서 저 혼자 따라갔어요. 그때도 가족분들이 저를 챙긴 건 아니고 눈치껏 제가 잘 쫓아가는 분위기였는데 그래서 그랬는지 일을 다 보시고 올라오시면서 저를 빼놓고 차를 출발시킨 거예요."

» 아이쿠.

"제가 있는지 없는지 몰랐던 거죠. 신경 쓸 여력도 없으셨고. 그래서 제가 전화 걸어서 '저 어떻게 올라가요?' 했거든요. (웃음) 그러니까 '어어, 잠깐만요……' 가족들끼리 얘기하시더니 '그냥 알아서 올라오세요' 이렇게 된 거예요."

» (일동 웃음)

"그래서 고속버스 기다려서 혼자 올라왔죠."

» 난감했을텐데.

"'아유, 변호사가 버스도 놓치네' 그러면서 이쁘게 봐 주시더라구요. 그리고 KBS 농성 때[46]. 가족들이 전세 버스를 타고 청운동 쪽으로 이동하는 중이었는데, 경찰차가 그 앞을 가로막고는 일부러 천천히 달리는 거예요. 그쪽에 병력을 깔아야 하니까. 그래서 제가 내려가지고 경찰차 세우고 책임자 내리라고 해서 엄청 싸웠거든요. 그때 그 모습을 보고 박수쳐 주셨어요."

» 진짜 우리 편이네 싶으셨나 봐요. 유족들의 밤샘 농성, 노숙은 그 뒤로 쭉 이어졌는데.

---

46 2014년 5월 8일자 한겨레 기사 "유족들, 아이들 영정 안고 KBS 앞에서 경찰과 한밤 대치"…… KBS 김시곤 보도국장의 망언과 뉴스 통제에 유가족들이 공식적으로 사과를 요구했으나 한국방송 측은 '그런 일 없다'고 부인한 바 있다. http://www.hani.co.kr/arti/society/society_general/636218.html

"5월 24일에 국정조사하라고 국회에서 농성[47]했던 게 도화선이었죠. 여야와 협의하면서 협상 조건 같은 걸 정리하고, 국정조사법 초안 나오면 설명해 드리고 그러면서 2박 3일을 꼬박 같이 노숙했어요. 농성 끝내고 나오는데 가족들이 저를 번갈아 안아주시더라구요. 고생했다고. 순간 제가 얼었어요. 포옹해주실 거라고는 생각도 못 해서."

> » 외부인을 신뢰할만한 시기가 아니었잖아요. 아이들을 황망하게 잃은 지도 얼마 되지 않았고…… 스킨쉽 자체가 쉽지 않을 때였는데 정말 고마우셨던 모양이에요.

"네. 그래서 저도 깜짝 놀랐고, 옆에서 보던 사람들도 모두 놀랐죠."

> » 그런 때도 있었겠지만, 내가 옆에 있어도 도움이 되지 않는구나 느끼는 뼈아픈 순간도 있었을 텐데.

"매번 그랬죠. 행진하거나 이동할 때 경찰이 항상 방해했는데, 제가 변호사증을 꺼내 들고 아무리 외쳐도 길을 터주진 않았어요. 힘 빼지 말라고 부모님들이 토닥여 데려가셨죠. 오히려 유족들이 몸

---

47 2014년 5월 24일 경향신문 기사 "세월호 국조, 여 '김기춘 구하기'에 막혔다"…… 당시 새누리당은 김기춘 박근혜 대통령 비서실장을 증인 채택을 거부하며 세월호 유가족들의 국정조사 요구를 지연시켰다. http://news.khan.co.kr/kh_news/khan_art_view.html?artid=201405282148395&code=910402

으로 뚫어주셨어요. 경찰차로 차벽을 치는 건 위헌인데, 늘 그렇게 막아서니까 다 같이 차 밑으로 기어서 통과하고 그랬어요. 저는 크게 도움이 안 되는 때가 많았어요."

» 거꾸로, 나라도 있어서 다행이구나 싶었던 순간은?

"예를 들어서 유족들이 정치권하고 협상을 많이 했는데, 상대방 파트너들이 다 율사 출신들 이에요. 저쪽은 법으로 된다 안 된다. 헌법이 어쩌고저쩌고하면 제가 배석을 하니까 그거 터무니 없는 얘기다, 법에 어디 그렇게 되어있냐, 그런 반박은 제가 할 수 있으니까."

변호사를 고집한 이유

1990년대 후반 서울대학교가 자리한 인근 지역은 재개발이 한창이었다. 멀지 않은 신도림동에서도 갈 데 없는 세입자를 막무가내로 밀어내는 철거가 강행되고 있었는데, 딱 세 가구만 남은 소규모 철거예정촌의 주민들이 서울대까지 힘을 빌리러 찾아왔다. 박주민은 그들과 몇 달간 더불어 먹고 자며 방법을 고민했다고 한다. 지금과 달리 구청장이 영구 임대주택을 지정할 권한을 갖고 있던 때였다. 박주민은 끈질기게 구청에 면담을 요청했고 마침내 구청장과 약속을 잡았다. 크리스마스 이브 날 만나주겠단 거였다. 신이 난 박주민은 철거촌 꼬마 둘과 함께 아침부터 구청에 찾아갔다. 함박눈을 고스란히 맞으며 이제 나올까 저제 나올까 아이들과 7시간을 기다렸다. 그러나 끝내 구청장은 나오지 않았다. 힘없이 발길을 돌리며 그는 생각했다. '내가 변호사였다면 최소한 만나는 주지 않았을까'. 그날부터 그는 '변호사 자격증'을 가지고 싸우기로 결심한다. 1년여 만에 사법고시에 합격했고, 사법연수원에서도 변호사를 희망해 대형로펌에 입사했다. 종합법무법인의 격무에 시달리면서도 공익 소송을 병행했고 나중엔 같은 뜻을 가진 동료들과 아예 공익 전문 법률사무소를 차렸다. 전례가 없다고, 안 된다는 온갖 만류와 반대를 무릅쓰고 현장과 법정에서 끝까지 맞붙어 싸웠다. 그의 공익 소송은 그 자신의 표현처럼 '실패의 연속'이기도 했지만, 설령 패배하더라도 매번 편견을 깨뜨리고 상식을 뒤집으며 세상을 흔들었다. 그 결과 헌법재판소에서 위헌 결정을 받아낸 것만 해도 네 건에 달한다. 영화 제한상영가 등급제의 헌법 불합치 판결(2008), 야간 옥회집회 금지의 헌법불합치 판결(2009), 전면차단 차벽의 위헌 판결(2011), 야간시위 금지의 위헌 판결(2014)까지.

> » 지금이야 '세월호 변호사'로 불리지만, 사실 그 전에도 열성적인 시민사회 활동으로 이름난 사람이었어요. 노동, 인권, 표현의 자유까지 관심 분야가 넓은 편이라 할 수 있는데.

"여기 있다 보면 '백남기 농민도 아세요?' 하는 분들도 계신데 제가 어르신 관련된 고발 건, 손해배상 청구 소송, 증거보전 신청, 헌법소원 두 건까지 다 했어요. 어르신 사모님께서는 저를 '박변'이라 부르시는데. 그런 건 모르시고 '너는 세월호 전문가 아니냐?' 하시죠. 전에 국정원 대선개입 사건도 제가 고발했고, 해킹 프로그램 건도 그랬고, 이전에 양심적 병역거부도 헌재에서 제가 공개변론 했었구요. 세월호 일을 하게 된 건 감사한 일인데 이게 너무 강하게 각인이 돼서 처음 뵙는 분들은 '너, 왜 딴 거 해?' 하세요. '원래부터 했었는데?' 요새는 이 설명을 해야 한다는 게 좀 그래요 (웃음)."

» '거리의 변호사'란 별명이 마음에 드나요?

"고맙죠. 현장성이 있고 헌신했다는 뜻이니까. 한편 내가 너무 거리에만 있었나? 이런 생각도 들어요. (웃음) 제가 가진 전문성도 있거든요. 제가 큰 소송에서 굉장히 많이 이겼는데요. 2015년 12월의 2차 민중 총궐기 금지 통보를 받은 것도 제가 소송해서 부당 판결 받아가지고 집회할 수 있었잖아요. 그거 아무도 못 이긴다고 했던 거거든요."

» 덕분에 시민들 7, 8만 명이 서울광장에서 여기 연건동까지 행진[48] 했죠.

---

48 2015년 12월 5일자 국민일보 기사 "……평화적으로 진행된 2차 총궐기…… 참가자들은 서울광장 집회를 마친 뒤 지난달 14일 1차 민중총궐기 때 다쳐 중태인 백남기씨가 입원한 종로구 연건동 서울대병원까지 행진에 나섰다." http://news.kmib.co.kr/article/view.asp?arcid=0010134105&code=61121111

"(웃으며)그때 집회 신나게 잘했잖아요. 얘기가 나왔으니 말인데, 저 소송도 굉장히 잘하거든요. 양심적 병역거부 공개변론을 보고 헌법재판 연구관들이 극찬할 정도인데, 거리의 변호사라는 호칭 때문에 제가 재판을 안 하는 줄 아시는 분들이 있어요. 장단점이 있습니다."

» 책상 위에서 웅크린 채 자는 모습, 수염도 못 깎은 초췌한 얼굴, 부스스 뜬 뒷머리칼, 백팩 메고 컵라면에 입맛 다시는 표정에 시민들이 열광하긴 하지만, 건강은 안 좋아보이는데. ?

"체력은 좋아요. 집안 내력인 것 같아요, 아버지를 봐도 그렇고."

» '중증 환자 같다'는 의견도 있어요.

"잠이 부족하니까…… 그런데 잠 안 자는 거는 변호사 때도 그랬고 현장 어디든 항상 그런 식으로 했기 때문에 잠 못 자서 피곤한 건 익숙해요. 남들 보기에는 항상 아프고 지쳐 보이긴 하지만 그게 건강이 나빠졌다 그런 신호로 저한테 다가오지는 않아요."

» 실제로 아픈 데는 없나요?

"제가 허리하고 등이 상당히 안 좋아요. 예전에 로펌 다닐 때 공익 소송 병행하느라 맨날 사무실 간이침대에서 자면서 허리 쪽이 망가져서…… 무릎도 좀 안 좋구요."

   » 치료는 받고 있는지?

"(손을 머리 위로 쭉 펴면서)제가 가끔 이렇게 이렇게 하거든요. 이게
등하고 허리가 가만히 있으면 굉장히 아파요. 그러면 한 번씩 펴줘
야 돼요."

   » 그래도 병원에 가보는 편이 좋을텐데요.

"가 봤는데 특별히 병명이 있는 게 아니래요. 얼마 전에 국회 한의
원실에서 오천 원 주고 벌침 맞았는데 효과가 좋던데요."(일동 웃음)

   » 차라리 마사지라도 받는 게……

"로펌 다녔던 시절에 변호사 선배가 너무 결린다고 해서 같이 스포
츠 마사지를 받으러 갔던 적이 있어요. 안마사가 선배 몸을 만져보
더니 너무 굳어있다고, 힘드셨겠다고 하더라구요. 그러다 제 몸을
딱 만지더니만, 이건 산 사람의 몸이 아닌데? 하더라구요."(일동 웃음)

   » 대원외고를 졸업했고, 서울대 법대 나와서, 사법고시도 금방 합
      격했고 그런 거 보면 사법연수원 성적도 나빴을 것 같지 않은데,
      판사나 검사가 아니라 왜 처음부터 변호사를 고집했어요?

"변호사는 사람들 곁에 있을 수 있으니까. 애초부터 그러려고 사시를 본 거구요."

선거는 후보가 아니라 주민을 이해해 가는 과정

» 시간을 2014년 4월로 돌려볼게요. 참사 당일, 무슨 일을 하다가 소식을 들었나요?

"그때 제가 민변 사무처장이었어요. 민변 사무실에서 뉴스를 봤어요."

» 어땠나요?

"이런 기억이 나요. 수학여행을 가는 학생들이 탔던 배가 사고가 났다는 얘기를 듣고 걱정을 했는데 전원구조 보도가 나왔어요. 저건 잘했네. 박근혜 대통령이 잘하는 것도 있네? 하고 신경을 껐다가, 밤에 귀가해서 TV를 봤을 때, 아, 이게 잘못 돌아갔구나 느꼈던 것 같아요."

» 그때부터 필요한 일이 생기면 적극적으로 도와야지, 마음먹었다 들었어요. 그렇지만 이렇게까지 하게 될 거라고 예상했나요?

"아뇨. 세월호 문제가 심각하구나 생각하고 분노했고, 저 역시 국민의 한 사람으로서 유족들에게 미안하다 생각했지만, 가족들 옆에서 계속 돕는 역할을 맡게 될 줄은 저도 몰랐어요."

> 민변 상근변호사로 현장과 법정에서 쉬지 않고 싸워왔잖아요. 그러다가 세월호 일을 전담하게 되면서는 이렇게 직접 국회의원 선거까지 나선 건데, 이 참사가 의회 정치를 해야만 하겠구나 결심하게 만든 건가요?

"사실 세월호뿐만 아니라, 제주 강정, 경남 밀양의 피해자 주민 대부분이 범법자가 됐어요. 그때부터 국책사업할 때 주민들의 의견 청취를 제대로 하는 법이 필요하다 제가 느꼈던 거고. 노동 현장에서는 노동법, 집회때는 집시법, 선거 때는 선거법을 바꿔야 한다고 고민이 많았죠. 국회가 제대로 되면 이렇게까지 고통을 받지 않아도 될 분들이 많으니까요."

> 민주당에 입당할 당시에는, 선거 전망이 암울했을 때였는데. 100석도 못 할 거라고.

"그랬죠. 야당이 완전히 망한다고 했었어요. 그러니 도와달라 했고. 저는 전에도 제안을 받았거든요. 그때는 (야당 상황이)괜찮을 때였어요. 그래서 제가 안 한다고 했고. 그런데 안 좋을 때 제안을 받으니까 거절하기가 어렵더라구요. 주변 분들하고 상의를 많이 했어요. 다 말렸죠. 새누리당이 전체 200석 하고 수도권 석권할 거다. 너 나가면 X신된다. 그렇게까지 말씀하시더라구요. 그런데 오히려 이때는 나가야겠다는 생각을 했어요"

» 이유가?

"이렇게 허무하게 야권이 축소되고 망하면 세월호법 개정도 해야 하는데, 그 밖에도 제가 해야 할 다른 일들, 현장에서 만났던 분들의 삶이 더 힘들어질 것 같더라구요. 이때 내가 주저하면 비겁한 거다, 라는 생각을 했어요. 오히려 안 좋을 때 제안받은 게 결심의 이유가 됐죠."

» 그렇게 입당했는데, 공천 과정에서는 나름 푸대접을 받았어요. 논의하던 대로 비례대표로 추천된 것도 아니고, 세월호 유가족들이 도와줄 수 있는 안산 지역구도 아닌 뜬금없이 은평갑에 공천 됐어요. 그것도 가장 늦게, 투표일을 단 3주 앞두고서. 말이 많았는데.

"당 내 논의 과정이 쉽게 흘러가지 않았죠. 마음고생이 심했어요. 잠도 못 자고. 심신이 완전히 망가진 상태에서 공천을 받았어요. 그러니까 선거운동으로 지친 게 아니라, 선거운동을 시작하기도 전에 걸을 힘조차 없더라고요. 그런데도 '웃어라', '악수해라'. '90도로 허리를 굽혀라', '큰 목소리를 내라' 하니까, 하루하루가 지옥 같았어요. 정말 간신히 선거를 치렀죠."

> » 지금까지 살아왔던 삶도 굉장히 치열했는데 선거운동을 하는 기간은 상상을 초월할 정도로 더 그랬을 텐데요. 끝나고 나니까 어떤 생각이 들던가요?

"당선 안 돼도 상관없어. 끝났으니까 다행이다."

> » (일동 웃음)

"그런 생각이 드는 반면에, 낙선하면 날 도와줬던 세월호 가족들과 수많은 분의 실망을 어떻게 감당하나. 그런 마음도 있었어요. 아, 그리고 제가 다니던 공익 법률사무소에서 제가 돈 되는 일을 안해도 친구들이 십시일반해서 저한테 월급을 줬거든요. 그 친구들이 제가 선거에 질까봐 벌벌 떨었단 말이 있어요. 생활비를 또 대줘야 하나 두려워서…… (웃음)"

> » 선거운동하면서 만나게 된 주민들은 현장에서 만났던 사람들과는 또 달랐을 텐데.

"그랬죠. 정말 일반적인 분들이고, 그분들에게 저를 이해시키고 설득한다는 게 쉽지 않더라구요."

» 어떻게 보면, 박주민의 삶은 끊임없이 국가를, 법원을, 상대를 설득하는 시간이기도 했는데.

"저는 가치 또는 원칙을 얘기하던 사람이죠. 선거 과정에서 만나는 사람에게 가치와 원칙에 관해서, 그것만을 이야기할 수는 없어요. 선거는 거꾸로 제가 주민들의 삶과 생각을 이해해 가는 과정이기도 하니까."

이건 우리의 일이에요

» 외모 지적을 가장 많이 당하는 국회의원이기도 해요. 그래도 별반 달라지지 않는데.

"왜요. 의원 되고 나서 초반에 면도 안 하니까 막 뭐라고 해서 요즘엔 매일 하는데. 맨날 머리가 떡졌다 그래서 머리도 매일 감구요. 옷은 대충 입고 나오죠. 여름에는 양복을 하도 안 갈아입어서 겨드랑이가 하얗게 되더라구요. 주변에서 '심하다' 그래서 자주 갈아입고."

» (일동 웃음) 국회밥 먹고 나면 달라지는 분들도 있는데.

"국회에서 뭐 특별한 밥을 준다고."

» 다른 의원들하고 너무 다르니까요.

"저는 그랬죠. 힘들게 공부해서 서울대 들어가고 나서는 다른 서울대 법대생들하고는 다르게 살았고. 힘들게 사시 붙어서 연수원 들어가서는 다른 연수원생들하고 다르게 살았고. 변호사가 되고도 다른 변호사들하고 다르게 살았고. 계속 그렇게 살았던 것 같은데요."

» 어렵게 국회에 들어갔는데, 유가족들의 기대가 큰 만큼 부담도 적지 않겠어요.

"유가족들과 제 생각이 다르지 않아서 큰 부담은 안 돼요. 그렇지만 답답함은 있죠. 열심히 해도 잘 안 되니까. 특히 세월호 건은 여권이 철벽으로 막고 있어서 도무지 뚫리질 않네요. 그런 상황에서 유가족들이 또다시 단식에 돌입하시는 걸 보고 있으면 속이 끓죠."

» 2016년 8월 사생결단식 하실 때 말씀이죠.

"네. 정신적으로 너무 힘들더라고요. 유가족들을 처음부터 도와드린 변호사가 저 말고 두 명이 더 있는데, 다 심리치료를 받았어요. 저는 안 받았거든요. '너도 받아라' 했지만 '나는 괜찮다' 그랬는데 이번에는 미치겠더라구요. 육체적인 고통까지 막 오는 거예요. 가슴 이런 데가 조이면서 숨을 못 쉬겠더라구요."

» 죄송하고 미안한 마음 때문에 그랬던 거죠?

"그렇죠. 출구가 안 보이고 답답하니까. 가족분들은 단식하셔서 건강이 더 안 좋아지시고 편찮으시고. 지금 당장 제가 뭘 해서 보여드릴 결과는 없고 하니까 속만 타들어 가는 거죠. 그렇다고 단식을 무조건 하지 마시라 그럴 수도 없고. 이러지도 저러지도 못해서 계속 괴로웠죠. 20일 남짓한 그 기간 동안 저도 음식을 거의 입에 못 댔어요. 저절로 그렇게 되더라구요."

» 박주민 의원이 처음으로 만든 법안이 '세월호 특별법 개정안'이었어요. 세월호 문제의 해결은 모두가 바라는 바이지만, 어디까지를 해결로 볼 것이냐는 입장이 다를 수 있는데.

"하나하나 순리를 밟아가는 과정이 중요해요. 그런데 이 정권은 그 과정을 무시하려 했고 마지못해 진행했던 것들도 철저히 왜곡하고 방해했기 때문에…… 유가족들이 하시는 얘기가 있어요. 제대로 진상 조사해서 국가가 아무 잘못이 없다고 결과가 나온다면 수긍하겠다는 거예요. 결론을 정해놓고 조사를 하겠다는 게 아니거든요. 그러니까 독립적이고 공정하게 순차적으로 진상 조사를 해나가면 됩니다. 유족들이 그런 예단을 가지고 있지 않고 저도 마찬가지예요."

» 박주민 의원 생각도 그렇다?

"제가 예단을 세워놓고 박근혜 대통령 때려잡으려고 그런 것 같아요?

» (일동 웃음)

"그건 새누리당이 가진 생각이에요."

» 지금까지 많은 일을 해왔지만 특히 세월호에 관해서 가장 깊게, 또 가장 길게 함께하고 있잖아요. 왜 이렇게까지 이 일에 매몰된 걸까요?

"(웃으며) 매몰?"

» 완전히 푹 빠져서 살고 있잖아요. 본인 인생에서도 특별한 경우 아닌가요?

"제가 동료 변호사들하고 그런 말을 했어요. 우리 언제까지 이렇게 할 수 있을까? 두 가지 때문에 그랬던 것 같네요. 하나는 이분들이 겪고 있는 아픔이나 슬픔이 너무 컸고 그게 제 마음에 와 닿았던 거고. 또 하나는 가족분들이 성장하는 모습을 옆에서 보니까 그 모습을 계속 보고 같이 있고 싶다는 생각이 들더라구요. 이분들이 처음에는 회의도 제대로 못 하셨어요."

» 평범한 생활인이셨으니까⋯⋯ 이런 일을 이렇게까지 하게 되리라 상상할 수 없었죠.

"그랬는데 지금은 얼마나 말씀도 잘하시고 사회문제에 관해 관심도 많으시고 깊은 혜안을 지니시게 되셨잖아요. 그래서 인간에 대한 애정도 굉장히 깊어져서 장애인 문제나 노동자 문제, 여기 백남기 어르신까지 그 아픔을 이제는 본인들의 고통으로 받아들이시거든요. 그런 모습을 보면서, 끝까지 함께 해봤으면 싶어지더라구요. 그러다 보니까 헤어나기 어렵더라구요."

» 지금도 새롭게 세월호를 발견하는 시민들이 있거든요. 아직도 해결이 안 됐냐, 우리가 뭘 해야 되냐 묻는 분들이 계신데, 이 일을 오래 해온 선배로서 해줄 이야기가 있을까요?

"얼핏 보면 세월호 참사는 아주 예외적인 사람들에게 일어난 아주 예외적인 사건인 것처럼 보여요. 하지만 그렇지 않아요. 이 참사는 생명보다 돈을 우선시하고 위기 상황에서도 국가의 체계가 작동하지 않았던 가치관과 제도의 문제거든요. 내버려 두면 같은 일이 또 반복돼요. 결코 남의 일이 될 수 없다는 거죠. 유가족들이 불쌍해서 동정으로 해야 하는 일이 아니라는 거. 사회 전체의 일이고 또 나의 일이에요. 그런 관점에서 접근하면 이게 힘들지도 않을 거고 열심히 해야겠다는 생각이 들 거예요. 저도 그랬으니까."

» 알게 모르게 내상이 깊을 것 같은데, 본인도 상담을 받아봐야 겠다는 생각은 안 하나요?

"상담은 고사하고 친구들하고 편안한 술자리나 한번 가져보고 싶어요.".

» 아아……

"그런 것조차도 너무 오래됐거든요. 세월호 때도 그렇지만 그 전에도 계속 비슷한 일을 해왔으니까…… 친구들하고 어울려서 편하게 기분 좋게 뭘 해본 적이 없어요. 폭발할지 모르니까 술도 집에서 혼자 먹게 돼요. 술자리 장면이 많이 나오는 홍상수 감독의 영화를 틀어놓고 대리만족을 느끼면서 술을 마셔요. (웃음) 아, 나도 저렇게 한번 친구들하고 편하게 마셔봤으면."

투표일 전날, 함께 선거전을 치룬 최일곤 보좌관은 SNS에 이런 소회를 남긴 바 있다. 익숙하지 않은 선거에 그가 힘든 걸 알지만 나는 아침부터 잔소리를 그만둘 수 없다고. 하기 싫어도 해야 했다고. 왜냐면 박주민에게는 질 수 없는 이유가 너무나 많았고, 나는 그 이유들의 상당수를 알고 있기 때문이라고.

그가 질 수 없는 이유, 져서는 안 되는 이유, 지더라도 계속 싸우는 이유, 패배가 두려워 물러서지 않게 된 이유를 인터뷰를 마치면서 우리도 어렴풋이 알 것 같았다.

특권의식이나 허세가 전혀 없는 박주민의원은 언제 어디서나 시민들과 편안하게 어울린다

조세희의 소설 〈난장이가 쏘아올린 작은 공〉은 철거로 집을 떠나야 하는 난장이 가족의 이야기다. 남동생이 '어떤 놈이든 집을 헐러 오는 놈은 그냥 두지 않겠다고' 하자 주인공은 힘없이 이런 말로 대꾸한다.

"그들 옆에는 법이 있다."

그렇듯 법의 이름으로 국가가 편협한 정의를 관철하려 들 때, 부끄러움도 없이 중립적 기관과 지식인들마저 가진 자들의 편에 설

때, 변호사법 제1조 1항[49]을을 목숨처럼 지키며 시나브로 반대편에 서는 사람이 있다. 10년 넘게 변치 않는 모습, 한결같은 태도로 거리에서부터 함께 싸워주는 누군가가 있다.

언젠가 그가 없어도 되는 날, '거리의 변호사'가 사라져도 그만인 날이 도래하기를 빌어본다. 그때 세상은 스스로 충만할 것이다. 그러기 위해서는 도대체 얼마만큼의 박주민이 더 필요할까. 장례식장 바깥에는 집회가 한창이었다. 경찰의 부검 영장 불법 집행을 막아낸 시민들이 그의 이름을 연호하고 있었다. 박주민은 피곤한 얼굴을 도로 감추며, 인터뷰를 뒤로 하고 다시 광장으로 나섰다. 함성이 커졌다. 무수한 촛불들이 그를 기다리고 있었다.

---

[49] 대한민국 변호사법 제1조 1항은 다음과 같다. "변호사는 기본적 인권을 옹호하고 사회정의를 실현함을 사명으로 한다."

곁에 있을 수 있으니까 : 박주민

집 앞이
곧 광장이지요

대구 상인동의 자발적 활동가 _ 이명희, 박기일 부부(1970년생, 1967년생, 대구 달서구 상인동)

"남편이 그러더라구요. '아침에 피켓이라도 들어야겠다. 한 며칠간이라도. 1주기까지만이라도' 그래서 딸들하고 제가 그랬어요. '며칠만 하려면 하지 마', '그런 사람은 대한민국에 널렸어'"

> 그랬더니 남편이 뭐라시던가요?

"한숨 쉬던데요. '하아..' 한참 고민하더니만, '피켓도 어렵게 만들었는데…… 그러면 좀 오래 해볼게' 하더라구요.(일동 웃음) 그러다 보니 한 달 두 달 됐고 이제 1년 넘었죠."

대구라는 지명은 옛 이름 달구벌(達句伐 또는 達伐)에서 비롯되었다. 일반적인 해석을 따르자면, '달(達)'은 '원(圓)'과 같은 의미로 널찍한 공간을 뜻하고, '벌(伐)'은 들판, 촌락을 의미한다. 즉, 달구벌은 드넓은 터전이라는 뜻이겠다. 한편 삼국사기(三國史記)를 인용한 다른 해석에 의하면, '달(達)'은 '산(山)'을 의미하고, '벌'은 앞에서와 같이 벌판이나 마을을 의미하므로, 산 속의 평야, 즉 분지를 뜻한다고 보기도 한다. 어느 쪽이 옳든 달구벌이란 이름에는 너른 들판, 그러니까 광장이라는 뜻이 내포되어 있다고 볼 수 있다.

이명희, 박기일 부부를 만난 것은 대구 상인역 사거리의 북카페 '공중그네'에서였다. 건너편의 롯데백화점을 중심으로 사방에 학교와 학원, 병원이 밀집한 상인역 부근은 큰 번화가였다. 거기서 우리는 아내인 이명희씨를 만나 인터뷰를 나눴다. 남편 박기일씨와는 차후 전화로 모자란 이야기 조각을 채웠다.

놓을 수 없는 아이들, 놓을 수 없는 세월호 피켓

» 부부가 모두 대구분이시라고.

"태어나고 자라길 전부 대구에서. 대학도 둘 다 계명대를 나왔어
요. 결혼해서 내당동 살다가 상인동으로 이사온 건 2006년에. 대구
를 못 벗어나가지구.(웃음)"

» 그럼 남편과는 캠퍼스 커플이셨던 건가요?

"그건 아니고. 저는 국문과, 남편은 영문과. 제가 88학번인데, 그때
는 누구나 사회민주화에 관심이 많아서 전공은 달랐어도 학생운
동 선후배로 친했어요. 사귄 건 졸업 후에."

» 세세하게 여쭤보게 되는데, 결혼은 언제 하셨고 자제분이 있으신
지요?

"1997년에 결혼을 했고, 98년에 첫 딸을 낳았어요. 2년 터울로 둘
째 딸을 봤고…… 세월호 아이들보다 한 살, 세 살 아래에요. 희생
자 부모님들 나이가 저하고 비슷해요. (생각이 많은 듯 잠시 말을 멈
췄다가)이게 제 또래가 자식을 잃은 경우인 거죠."

» 결혼 후에도 사회운동에 쭉 참여하셨던 건가요?

"못 했어요. 친정엄마가 오래 투병하시다 작년에 돌아가셨는데, 집 안에 저 말고는 간호할 사람이 없어가지고. 또 큰 애가 아토피가 심해서 그것도 고친답시고 마흔 살까지 집에만 있었어요. '너 옛날에 나랑 알던 사이인데, 광우병 집회 같이 나가볼래?', '무상급식 서명 한번 받아 볼래?' 살림하는 사람한테 이렇게 제의하는 경우가 잘 없잖아요. (웃음) 남편도 비슷했고."

» 매일 아침 남편분이 상인역에서 피케팅을 하시는데, 그 피켓을 절대 땅에 내려놓지 않으시더라고요.

[남편 박기일 씨]"내가 딸이 둘이란 말입니다. 그런데 그 아이들이 아무런 잘못도 없는데 죽어갔잖아요. 왜 그래야 했는지 영문도 모르겠고. 그게 마음이 애리는 것도 있고 미안하기도 하고 그 아이들을 존중하는 마음에서라도 세월호 피켓만큼은 절대 바닥에 내려놓고 싶지 않았어요."

» 피켓을 드는 방향에도 원칙이 있다고 들었는데.

[남편 박기일 씨] "거기가 가장 많은 사람이 지나가는 길이거든요. 사람들이 이동하면서 내용을 찬찬히 읽으라고 항상 롯데백화점 쪽으로 돼요. 잘 보이도록."

매일 아침 8시, 대구 지하철 1호선 상인역에는 노란색 우드락 손

하루도 빠짐없이 계속되는 박기일씨의 피케팅 모습, 출처 : 이명희씨 페이스북

팻말을 든 중년의 부부가 어김없이 등장한다. 팻말에는 세월호 참사의 진상규명과 인양을 촉구하는 내용과 더불어 그때그때 중요한 사회 이슈도 다룬다. 출근과 등교 인파가 몰리는 오전 피크 시간 동안, 남편은 피켓을 들어 1인 시위를 벌이고, 아내는 사진을 찍고 페이스북에 올린다. 아내가 올린 사진을 살펴보면, 세월호 피켓은 땅에 닿지 않도록 항상 남편의 발등 위에 올려져 있다. 박기일씨의 피케팅은 2017년 3월로 500일을 훌쩍 넘겼다. 그와는 별개로 이명희씨는 상인동 어귀에서 일주일에 두 번 촛불을 든다. 2014년 4월 하순부터 시작했으니 어느덧 3년 가까이 된 셈이다. 그렇게 부부는 매일같이 세월호와 함께 있다.

촛불을 동네에서 드는 이유

» 왜 하필 상인역인가요? 다른 장소도 있었을 텐데.

"저희가 요 건너편에 살아요. 여기에 학교가 많고, 학원가이기도 하고, 또 교복집이나 병원, 백화점이 다 있으니까 애들이 부모님하고 왔다 갔다 해요. 또 직장인들도 환승하는 곳이고. 뭘 알리기에 알맞은 자리라서."

» 500일씩, 또 3년씩 한다는 게 체력소모가 엄청난 일이기도 한데, 건강은 괜찮으세요?

"2014년에는 제가 정말 아팠어요. 대상포진에 걸려가지고. 몸을 안 쓰다가 막 쓰니까. 아파서 못 하면 어떡하지 걱정했는데. 다행히 그 뒤로는 감기도 한 번 안 걸렸거든요. 적당한 활동은 몸에 좋은 것 같아요. 속으로 곪는지는 모르겠는데, 일단 겉으로는 괜찮아요. (웃음)"

» 피켓들고 가만히 서 있는 일은 움직이는 것보다 더 힘들어서 여기저기 탈이 난다던데.

[남편 박기일 씨]"이게 가만히 있어야 하는 일이니까. 지루할 때도 있고, 추우면 더 그렇죠. 그래서 제가 겨울이 끔찍하게 싫어요. 어

찌 보면 박근혜보다 더 싫어요.(웃음) 그런데 이제는 뭐 습관처럼 됐어요."

» 남편 분도 편찮으신 데는 없나요?

[남편 박기일 씨] "힘은 들죠. 이게 피켓이 2킬로그램이나 돼요. 처음엔 안 그랬는데 내용을 덧대서 붙이다 보니까 점점 무거워지더라구요. 피켓을 잘 보이게 하려고 한쪽으로 계속 들고 있다 보니, 왼쪽 손목도 아프고 무릎도 쑤시고. 그래도 매일같이 하는 게 운동이 되는지 저도 이번 겨울은 한 번도 안 아프고 넘어갔어요. 피켓도 들고 건강도 지킨다, 이래 생각하고 있어요."

» 기억을 참사 당일로 돌려볼게요. 그날은 어떠셨는지?

"식당에서 후배들하고 밥 먹는 중에 텔레비전을 본 거예요. 세월호라는 배가 침몰하고 있다고 자막에 떴는데, 식사가 끝나기도 전에 '전원 구조'라고 나왔어요. 다행이다, 되게 빨리 잘 했네? 그렇게 알고 집에 갔죠. 그날 밤에 뉴스를 보는데 구조를 못 하고 있는 거예요. 구조하겠지 했어요. 그래도 몇 명은 나오겠지 싶었는데 전혀. 일주일 정도는 텔레비전을 열심히 봤거든요. 왜 구하지를 못할까. 분명히 살려낼 수 있을 건데. 한 명이라도 나와야 되지. 그런데 단 한 명도 나오지 못하는 걸 보면서 이거는 구조를 안 한 건가 보다, 그 생각이 들었어요."

» 왜 그렇게 생각하셨어요?

"한국이 조선 산업 세계 1위고, 해군에 큰 배도 많잖아요. 후진국도 아니고. TV에서 생중계했을 때는 심지어 배가 완전히 침몰하기도 전이었고 아이들이 보이는 상황이었는데. 그리고 선원들은 나왔잖아요. 선원은 구조했는데, 해경이 승객을 구한 건 없고. 승객들끼리 구하거나 구해지거나 하는 걸 보면서 이상하다 생각을 했어요. 그걸 보면서 제 딸들이 한 말이 있어요."

» 어떤?

"'악마 같다'고…… '저건 악마다. 어떻게 사람을 안 살릴 수 있지?' 처음엔 말이 과하다 싶었어요. 근데 나중에 밝혀진 사실이나 유가족 이야길 직접 들어보니까, 진짜 구조를 안 했구나. 조명탄이 몇백 개나 터지고 잠수부원들이 수백 명 투입됐다. 근데 다 거짓말[50]이더라. 그 과정을 전부 지켜본 희생자 부모님들은 마음이 어떠셨을지. 답답하고, 화나고, 울다가 자꾸 가슴이 터질 것 같고 그랬어요."

---

50 연합뉴스 2014년 4월 24일 기사. "'물살 거세지기 전에…' 사상 최대 규모 수색 총력". 구조대원 726명, 함정 261척, 항공기 35대가 출동했다는 기사 내용과는 달리, 사고현장에는 배 한 척조차 보이지 않는 상황이어서 유가족들과 이상호 기자 등의 격렬한 항의를 받았다. 기사 링크 http://news.naver.com/main/read.nhn?mode=LSD&mid=sec&sid1=102&oid=001&aid=0006878416

» 그러다 촛불을 들고 나오신 게 언제부터에요?

"사건 나고 한 일주일 만에. 그때는 피켓도 만들 줄 몰라가지고 종이에 적어서 동네에 사는 후배하고 같이 나왔어요. 뭐라도 해야 안 되겠나. 가만히 있지 말고 한 번 나가보자. 다 우리 같은 마음일 거다. 다른 엄마들도 슬프고 괴롭고 미칠 것 같고 그렇지 않을까 해서."

» 같이 나온 후배들은 어떤 분들인가요?

"이웃에 사는 평범한 애기엄마들 세 명. 그분들과 한 달은 매일 나갔어요. 저녁마다 하루도 안 빼고."

» 누군가 먼저 하고 있었거나 단체가 주최하는 추모 행사에 참여한 게 아니고 아무도 없는데 무작정 나가신 거예요?

"네. 그냥."

» 종이에는 뭐라고 적으셨는지?

"스케치북에다, 무사 귀환을 바란다고."

마음의 빚을 갚는다는 심정으로

» 어떤 주장이 따로 있으셨던 건 아니네요.

"살아 돌아오기만 바랬던 거죠. 처음엔 다 그랬잖아요. 하나의 작은 움직임이 큰 기적을, 그런 말도 있었고. 직접 만든 리본하고 포스트잇하고 펜하고 들고 가서 동네 홈플러스 앞에서 촛불 들고 서 있었어요."

» 큰 용기를 내신 셈인데, 시민들 반응은 어땠나요?

"엄청 큰맘 먹고 갔어요.(웃음) 그런데 지나가던 엄마들이 눈물이 글썽글썽 해가지고 너무 슬프다고. 얼마나 답답했겠어요. 저도 속이 터져서 나왔는데. 참담한 순간에, 그런 말을 나눌 사람이 없잖아요. 근데 길에 어떤 아줌마들이 서 있고, 같은 마음이 확인되고. 우리한테 이런 과정이 필요했구나 싶었죠."

» 구체적으로 어떻게 하셨는지가 궁금한데.

"한 사람은 스케치북 들고, 또 한 사람은 촛불 들고, 또 한 사람은 포스트잇 들고 여기다 마음을 표현해주세요 외치니까. 지나던 사람들이 벽에 기대서도 써주시고, 바닥에 엎드려서도 써주시고, 쓰레기 더미 옆에서도 써주시고…… 리본이랑 포스트잇이랑 금

257

세 동났어요. 학생들은 '언니 오빠들 무사히 돌아오세요' 써주고, 또 글씨 잘 못 쓰는 초등학교 1학년 애들 있잖아요. 그 조그만 애들이 '기다릴께요' 적어서 포스트잇 붙이고. 남녀노소 구분이 없었어요."

» 사실 대구, 하면 느껴지는 이미지가 보수 일색이고 그래서 반응이 뜨거웠다니 좀 의의라 느껴지기도 해요.

"근데 이거는 그저 슬픈 일이니까. 내 일 같다, 미안하다, 다들 그랬고. 길에서 우는 분들도 있었어요. 일부 노인분들이 "이런 걸 뭐 이렇게 오래 하냐"고 아주 가끔 항의한 것 말고는 치워라, 하지 마라 그런 건 거의 없었어요."

» 대구백화점 광장같이 대구에서 집회로 유명한 장소도 있잖아요. 그런데 왜 집 근처에서 하신 건가요? 아는 사람들 지나가면 뻘쭘할 수도 있는데.

"엄마들은 애 데리고 움직이기가 힘들더라구요. 정해진 시간에 어떤 데를 찾아간다는 자체가. 나 같은 사람이 많을 테니 동네에서 해야겠다 싶었고. 마음을 내는 사람들도 큰 집회를 가기가 쉽지 않은데, 마음을 못 내는 사람이나 상황을 잘 모르는 사람들이 더 많을 거잖아요. 그러면 동네에서 왔다 갔다 하면서 볼 수 있는 게 좋겠다 생각했어요. 그래서 얼굴에 철판을 깔아가지고. (웃음)"

» 말이야 간단하지만, 그게 참 어려운 일이잖습니까?

"저한테 세월호가 달랐던 거 같아요. 내 자식이 저렇게 됐을 것 같은 나쁜 상상이 계속 들고…… 그런데 내가 집에서 가만히만 있으면 되겠나. 우리 세대가 잘못해서 벌어진 일인데. 딸들한테도 너무 미안한 거예요. 걔네들은 같은 또래가 죽는 모습을 직접 봤잖아요. 그런데도 엄마가 그냥 수수방관하고 있는 건 정말 아니다. 저도 피켓 들고 한 번도 안 해봤고, 하기도 싫고, 앞에 나서는 것도 좋아하지 않지만 그땐 그냥 해야 될 것 같다는 생각?"

그래서 부부는 그냥 길에 나왔다. 미안함과 죄스러움과 뭐라도 해야 한다는 안타까운 심정에서. 거창한 계획을 세운 것도 아니었고 대단한 준비를 한 것도 아니었다. 어쩌다 게을러지고 싶은 마음이 들면 부부는 '빚 갚는 마음으로' 자세를 고쳐먹고 나온다 했다. 길에선 부부를 만난 행인들은 울었다. 공감하며 서명을 보탰고, 포스트잇에 마음을 표현했다. 너나없이 사람들은 모두 절박했다.

굳이 하겠다는 남편을 뜯어말리던 아내

» 처음엔 세 분이 시작했다셨는데, 차차 인원수가 늘어났나요?

"그러면 좋은데…… 같이 하는 엄마들의 애기가 어리다 보니 일이 많아가지고 잘 안되더라구요. 5월부터 유가족분들이 천만 명 목표로 특별법 제정촉구 서명을 받자셨는데 몇 명 갖고는 힘을 받기도 어렵고. 그래서 제가 여기 '공중그네' 카페에다가 제안해보자고 남편을 꼬드겼어요. 다른 건 몰라도 여기가 대구 여성광장에서 운영하는 곳이라는 건 알고 있었거든요. 그래서 남편한테 빨리 가보라고. (웃음) 제가 대신 시켜 가. 남편이 여기 와서 말을 꺼냈죠."

　　》 같이 서명받자고 얘기하신 거예요? 전혀 모르는 사람들한테?

"네. 카페 당번하시는 사무국장님한테 얘기해서. 거기서 회의를 해서. 이런 사람이 왔는데(웃음), 동네에서 서명 같이 받아보자는데 어쩔까? 의논하셨겠죠. 흔쾌히 같이하자 해주셔서 고마웠어요. 저 같은 개인하고 '여성 광장', '생협' 같은 단체가 연합한 거죠. 돌아가면서 하루씩 맡아서 매일 촛불집회를 열다가, 여름 들어 장마도 오고, 유족분들 단식 들어가고, 우리도 동조단식하고 이러면서 일정을 한 주에 두 번 하는 걸로 조정했어요. 진천동 이마트 앞에서도 하고, 사람 많은 지하철역으로도 옮겨 다니면서 인원이 더 늘어나게 됐죠."

　　》 놀랍다고 해야 되나, 대담하다고 해야 되나…… 그 뒤로 대구 전
　　　역으로 활동을 넓히신 거죠?

"대구에도 세월호 시민대책위가 있어요. 여성, 생태, 노동 단체들

이 다 들어있는. 그해 여름에 유가족분들이 집중 서명받으신다고 여러 번 대구에 오셨어요. 한 번은 간담회를 가졌는데, 그 자리에서 3반 (최)윤민 아버님하고, 6반 (이)원석 어머니, (김)동영 어머니를 봤거든요. 서로 만나자마자 얼마나 울었는지 몰라요."

» 이유가?

"몰라요, 왜 그랬는지 그냥 왈칵 눈물이 쏟아지더라구요. 서로 대성통곡을 했어요. 말씀 나눈 게 처음이었는데 그 엄마들, 아빠들이 자기 애 이야기할 때 아주 행복해하고 표정도 가장 편안해지는 모습을 보니깐, 아이고, 내하고 똑같은 엄마아빤데 싶더라구요."

» 자주 연락하시면서 이제는 친구가 된 부모님들도 계시다고?

"네. 몇 분 계세요. 아버님들 중에 남편하고 나이가 같은 분들이 있더라구요. 예슬이 아버님하고 은지 아버님하고. 동갑이니까 이름 부르고 친구 하자고 하셔서."

» 유가족분들과 가까워진다는 게 뭐랄까, 부담스러울 수도 있는데.

"처음엔 그랬을 텐데, 지나고 보면 다 똑같은 사람이에요. 아버님들이 그러거든요. 자기 이름은 필요 없고 애들 이름을 부르면 된다고. '예슬아'라고 부르고 '은지야' 하고 부르고. 아버님들은 남편한테 '기일아' 부르시고, 가까이서 보면 그 마음을 알 수 있으니까. 짐작할 수 있으니까."

» 부부가 같이 이런 활동을 한다는 게 흔치 않은 일인데요.

"제가 처음에 촛불 들고 할 때는 간간이 남편이 왔고. 남편이 저녁에 일해서 시간이 안 맞아 자주는 못 했죠. 그러다 2015년 4월 13일에 남편이 처음으로 말을 꺼냈어요. '1주기 다 와 가는데 집중적으로 한 번, 오전에 피켓이라도 들고 있어 볼까?'"

» 같이 하자 권했던 것도 아닌데 남편분이 스스로요?

"내가 뭐라도 해봐야겠다 이 생각을 안 하다 보면 점점 더 안 하게 되잖아요. 생각하면 더 깊어지게 되지만 안하면 아예 고민 자체가 없어지니까. 세월호 1주기가 다가왔는데도 해결은 안 되고 계속 그 상태였어서. 아홉 명은 아직도 미수습자로 있고."

» 며칠만 하려면 하지 말라고 반대하셨잖아요. 본인이 하시겠다는데, 격려는 못 할망정. (웃음)

"왜냐면, 하루 이틀 피켓 들고 하는 거는 누구든지 할 수 있고. 그런 사람들은 너무 많기 때문에 절대로 감동을 줄 수도 없고, 본인도 배우는 게 없다. 제가 길에서 일주일에 두 번씩이라도 있다 보니까, 이건 그냥 서명을 많이 받기 위한 것만은 아니거든요. 서명이 세월호와 사람들을 이어주는 매개체는 되는데, 사실 서명으로 세월호의 실상을 다 알리지는 못하잖아요."

» 아무래도 그렇겠죠.

"그렇지만 거기 서 있으면서 되게 많이 배우거든요. 사람들한테. 지나가는 사람들의 말이라든가 반응에. 우리가 이야기도 걸게 되잖아요. 그때그때 이슈를 알릴 수도 있고, 서명하는 분들한테 우리가 말할 수도 있고. 그러다 보면, 제가 생각하지 못했던 반응들이 있어요. '저번에도 계셨는데 여기 또 계시네요', '여기서 리본 받아간 거 친구들 줬는데 더 받아도 되나요?' 행인들이 우리가 어떻게 하는지를 보고 있다는 걸 느껴요."

» 말은 안 해도 사람들이 모두 보고 있다?

"저도 그랬던 거 같아요. 제가 아무것도 안 하고 있을 때는 뭔가 하는 사람들이 얼마나 열심히 하는가, 진짜 절실한가 그걸 지켜봤던 거 같거든요. 그랬을 때 정말 열과 성을 다하고, 자기 진심이 담겨 있고, 본인한테 굉장히 절실한 일이었을 때 타인인 제 마음도 움직였던 거 같애요. 다 똑같다고 생각하거든요. 초기에는 누구나 다 슬픈 감정으로, 내 일 같다는 그런 심정 때문에 같이 슬퍼하고 마음이 움직일 수 있지만, 시간이 지나가면 슬픈 감정만으로는 오래

집 앞이 곧 광장이지요 : 이명희, 박기일 부부

못 가잖아요. 내 일이라는 절실한 마음으로 같이 웃고, 울고, 서로 통해가면서 해야 계속할 수 있는데. 필요한 게 있어서 잠깐 길에 나오는 사람은 너무 많으니까 그러려면 차라리 하지 말라고. 하려면 계속하라고.(웃음)"

> 길게 안 할 거면 아예 하지 말라는 건 어째 좀 가혹하다 싶은데요.(웃음)

"이런 게 있는 거 같애요. 내가 언제까지 할게, 하고 언제 끝날지는 모르겠지만 일단 열심히 해볼게, 는 전혀 달라요. 세월호도 그렇고, 강정, 밀양, 청도 다 그렇지만 기한이 안 정해져 있잖아요. 당사자들이 기약 없는 싸움을 하는 데, '내가 언제까지 해볼게' 는 의미가 없는 거 같아요. 좌절하기 딱 좋은 거 같애. 그때까지 열심히 했는데 해결이 안 되면 내가 한 게 아무 것도 아닌 게 되잖아. 근데 언제까지인지는 모르겠지만, 하는 데까지 꾸준하게 해 보겠다, 이런 마음이면 고 순간순간에는 그래도 열심히 할 수 있고 또 자연스럽게 할 수 있으니까."

> 그래서 기한을 정하지 말자고 하신 거군요.

"제가 지금 세월호 촛불을 동네에서 들고 있는 것도 언제까지 할지는 아무도 모르잖아요. 10년이 될지 20년이 될지. 늙어서 쉬엄쉬엄이라도 할 수도 있는 거고. (웃음) 미리 기한을 정하지 말고 그냥 우리가 매 순간에, 서명받아야 하면 서명도 받고 유인물 줘야 되면 유인물도 주고 리본도 만들고…… 그런 마음으로 하는 게 좋겠다 싶어서."

엄마, 그런 거는 스토커나 하는 짓이야

» 남편에게 그렇게 말씀하신 건, 결국 본인이 여러 번 스스로 질문해보고 그 답을 찾아갔던 과정이 있어서 그랬던 거군요.

"저도 그러거든요. 어떤 아줌마가 며칠 길에 서 있다가 뿅 하고 사라지면, 대구 말로 '뭐꼬?' 이러거든요. '저 아줌마 뭐꼬?' (웃음) 기왕 나갈 거면 계속은 해야 안 되겠나. 이 나라가 국민이 최우선이 아니라는 걸 이제는 모두가 다 알잖아요. 대충 하는 건 우리 딸들에게도 부끄럽고. 저는 불나방이라고 표현하는데 어떤 사건 터졌을 때 확 와가지고 달라붙어서 의싸의싸 했다가 힘들면 쑥 빠져나가고…… 그런 모습 저는 되게 싫어하거든요."

» 이 일에 고민은 없으세요?

"(잠깐 생각을 더듬다가)괴롭다고 해야 될지…… 지금이 딱 고민이죠. 우리가 아무리 활동을 하고 있다고 그래도 제 3자잖아요. 당사자가 아니니까. 당사자들이 저렇게 열심히 하고 있는데, 전혀 모르

265

쇠로 일관하는 정부가 있으니까. 희생자 부모님들이 말씀하셨잖아요. 우리가 이것도 하고 저것도 하고 안 해 본 게 있나. 별거 별거 다 해봤다 이거예요."

» 정말 안 해 본 거 없이 다 하셨죠. 항의, 삼보일배, 농성, 구속, 소송, 단식, 단식, 단식……

"그런데 특별법 개정 때문에 또 단식 들어가시고 그러니까. 되게 많이 힘드시잖아요. 어떤 마음으로 살고 계실지 정말…… 저렇게 하는 것만도 대단한데, 그래도 부족하다고 생각하시잖아요. 그런데 길이 이거다, 이거면 된다 하고 방향을 제시해줄 사람이 아무도 없다는 거. 계속 몸으로 깨지고 계신다는 거. 그걸 보고 있자면 괴롭죠. 시간이 지나면서 동력도 떨어지고…… 노동 현장이든, 백남기 어르신 문제든, 다 처음에는 많은 사람이 모였다가 결국에는 꾸준한 사람이 남고, 당사자가 남고 이러는데. 그런 걸 보다 보면 해도 안된다는 생각을 혹시라도 가지실까봐. 좌절감? 이런 걸 느끼고 실망하실까 봐. 그런 게 좀 걱정이 돼요. 정부에 너무 짓밟혔고 해도 해도 안 되는 걸 봐 와서 그런 것 같아요. (눈물을 훔치며)…… 미안하죠. 죄스럽고."

» 분위기를 바꿔서 따님들 이야기를 여쭤보고 싶은 데, 혹시 어머니로서 딸들이 어떻게 자랐으면 좋겠다 싶은 게 있으세요?

"저희는 딸들한테 이렇게 해라 저렇게 해라 그런 적이 한 번도 없어서. 이때까지 했던 말은 강강약약이에요. 강한 사람한테는 강하게 나가고 약한 사람한테는 약하게 나가라. 힘 세다고 절대로 굽히지 마라. 그러면 노예다. 어릴 땐 많이 했는데 지금은 잔소리가 될까 봐 잘 안 하는데, 잘 알고 있을 거예요. 오히려 요즘은 제가 설교를 듣는 축에 속해요. (웃음)"

» 애들이 어떤 설교를 하는데요? (웃음)

"학생들이 가방에 노란 리본 달고 가는 걸 보면, 저거 우리가 나눠준 건가 싶어서 사진 찍어서 보내거든요. '봐라, 애들이 이렇게 달고 다닌다' 그러면 '엄마, 그거는 스토커나 하는 짓이야. 하지 마'"

» (일동 웃음)

"페이스북에 사진을 올리면 '이건 자랑하려고 하는 일이 아니고 본인이 만족하면 되는 건데, 왜 자꾸 알리려고 애쓰냐고. 칭찬받으려고 하는 게 아니잖아' 그래요. 이제는 말을 해주고 말고 할 게 없고, 오히려 저희들이 아이들한테 배워야 할 나이가 된 것 같아요."

» 죄송한 질문인데, 대학 시절 계명대에서 두 분이 싸우셨을 때는 세상의 부조리를 바꾸고자 하는 큰 싸움이었잖습니까?

"그때는 뭐……"

> » 근데 그 변혁이 실패하고 세상이 더 나쁘게 변한 거잖습니까. 어떻게 하면 근본적으로 다시는 이런 일이 발생하지 않는 세계로 바꿀 수 있을까요?

"(웃음)아, 어렵네요. 참 어렵네요. 그때도 일부분은 이루어 냈죠. 대통령 직선제. 제도적 민주화. 그걸로 세상이 한 번 바뀌었는데, 그걸 본인의 공이라고 생각하는 사람들이 있었죠. 특히 정권에 주도적으로 참여한 사람들이. 다들 준비도 안 된 상태에서 정권이 바뀌고 그러다보니까 부족한 부분은 다시 반대편 세력들한테 의존하고 그랬거든요. 작은 부분에 있어서는 전진이 있었지만 그대로 답습한 게 많았거든요. 사람들은 정권이 교체되면 세월호도 해결되고 다 된다, 정권 교체가 답이라고 얘기하는데 저는 그렇게 보지 않아요."

> » 그러면?

"세월호든 뭐든 계속 꾸준하게 활동한 사람들, 거기서 요구하는 사람들이 많이 있을 때에만 힘이 모아져서 해결이 가능한 거지. 야당 국회의원들도 총선 전에는 당선되면 국회에서 세월호 문제를 꼭 해결하겠다고 약속했지만 막상 되고 나니까 국회선진화법 때문에 안 된다, 당론하고 달라서 안 된다 변명만 했잖아요. 당내에 세월호 TF팀이 있지만 활동을 거의 안하잖아요. 핑계만 대고. 그래서 정권 교체만이 답이라고는 생각 안 하고, 오로지 가능한 것은 국민이 계속 이 문제에 대해서 관심을 놓지 않고 계속 이의를 제기하고 힘을 축적하는 거죠. 가족이, 주민이, 지역에서, 학교에서, 직장에서. 밑에서부터 힘을 쌓고 쌓아야 가능하지 아니면 해결이 안 될거라는 생각이 들고. 오로지 가능한 것은 우리 국민들의 힘이겠죠. 당사자의 힘이고."

» 선생님하고 이야기해 보니까 대구도 살만한 동네네요. 그렇죠?

"어떤 측면에서?"

» 사람 냄새 나는 동네. 다른 곳처럼 서로 걱정하고 챙겨주면서 살아가는 똑같은 동네인 거죠?

"그렇게 만들기 위해서 우리가 더 열심인 것 같아요. 얼마 전에 남서현 양이 캐나다에서 말한 것[51]도 그렇고. 각자 뿔뿔이 흩어져서 혼자만의 세계에서 살아가는 게 아니라 같이 만들어가는 거. 우리가 더 커지는 거. 최종적으로 안전한 사회란 재난이 일어나지 않는 사회가 아니라 재난이 일어나더라도 지역 공동체와 사회에서 시

---

51 2016년 9월 10일 뉴스M 기사 "세월호 유가족, 캐나다서 "지금 한국사회는 너무 아프다_남지현양 언니 남서현씨 "정부가 피해자 가족과 시민사회 분열 꾀해"" http://www.newsm.com/news/articleView.html?idxno=6479

집 앞이 곧 광장이지요 : 이명희, 박기일 부부

민과 피해당사자가 적극적으로 손잡는 사회겠죠. 그래서 동네부터 좀 살만하게 만들어야 하지 않겠나."

이명희, 박기일 부부는 기존의 광장, 그러니까 대구백화점 앞이나 동화백화점 앞에서 세월호 활동에 나선 게 아니다. 그들은 집 앞에서 촛불을 켜고 피켓을 들었다. 동네 사람들과 뜻을 모으고 마음을 나누었다. 원래 광장(agora)이란 말은 들판(agros)에서 온 것이라 한다. 부부에게 광장이란 사람이 많이 모인 곳이 아니었다. 거꾸로, 사람들이 모일 수 있는 곳이면 어디든 광장인 거다. 너와 내가 모인다면 그곳이 곧 광장인 것이다.

상인역의 롯데백화점은 1995년 4월 28일 가스 폭발 사고가 터졌던 바로 그 자리에 세워져 있다. 무려 101명이 죽고, 202명이 크게 다쳤으며 건물 346채와 자동차 152대가 파손된 이 참사는 이 참사는 인근 공사장에서 허가도 받지 않고 도시가스관을 건드려 벌어진 인재(人災)였다. 사망자 중에는 등교하던 학생 42명도 포함되어 있었다.

2003년에도 대구 중앙로역에서는 방화로 지하철 차량에 붙이 붙어 192명이 사망하고, 21명이 실종되었으며 151명이 부상당한 이른바 '2.18 참사'가 발생했다. 상인역 사고 후 10년도 지나지 않아 또다시 최악의 인명사고가 발생한 거였다. 전국이 시끄러웠고, 각종 신문과 방송에서 사고 뉴스를 연일 도배하다시피 했지만 수사는 서둘러 종결되었고 수습 역시 대충대충 졸속[52]으로 이루어졌다.

아이들은 오늘도 덧없이 죽어간다. 2016년 5월 28일, 서울 지하철 2호선 구의역에서 홀로 스크린도어를 고치다 열차에 치여 숨진 김 군도, 세월호를 타고 제주로 수학여행을 떠났던 단원고 2학년과 똑같은 1997년생이었다[53]. 역사는 진보한다고, 세상이 나아질 거라고 누가 감히 말하는가. 올해로 성년을 맞은 1997년생들은 '세월호 세대'로 불린다. 수많은 죽음 사이에서 간신히 살아남았고, 또 수많은 죽음 사이에서 위태롭게 살아가야 할 '88만원 세대', '비정규직 세대'인 그들에게 들러붙은 또 하나의 세대명은 잔인하기 그지없다.

그러나 정말 잔혹한 것은 그들에게 주홍글씨를 새기고도 아무 일 없다는 듯 무심하게 하루하루를 살아가는 바로 우리들 기성세대일지도 모른다. 촛불을 들고 목이 쉬게 소리치든, 손팻말을 들고 지하철역에 서 있든 못 본 척, 눈길 한 번 안 주고 무관심하게 지나치는 우리들. 내 일, 내 가족, 내 미래만 신경 쓰기에도 바쁘고 힘들어서 남 생각할 겨를이 없다는 바로 우리들이. 그렇게 우리는 미친 듯이 일해서 맹렬히 돈을 벌어, 더 안전한 도시, 더 안전한 집, 더 안전한 차, 더 안전한 학교로 옮겨가고 싶어 한다. 저축할 사정이 안 되면 보험에라도 들면서 어떻게든 나와 내 가족의 안전만큼은 보장받

---

52 1995년 5월 10일 한겨레 기사 "짜맞추기로 끝난 대구참사 수사" http://newslibrary.naver.com/viewer/index.nhn?articleId=1995051000289122006&editNo=5&printCount=1&publishDate=1995-05-10&officeId=00028&pageNo=22&printNo=2226&publishType=00010

53 서울경제 2016년 6월 3일 기사. "구의역에서 맞닥뜨린 97년생 '세월호 세대'" http://www.sedaily.com/NewsView/1KXG4DTCEO

집 앞이 곧 광장이지요 : 이명희, 박기일 부부

고자.

독일의 사회학자 울리히 벡은 그의 책 '위험사회'에서 30년 앞서 우리가 살아갈 세상을 내다보았다. 근대 자본주의 사회에서 위험이란 일상적으로 잠재하며, 대형참사 역시 산업이 발달하면 할수록 더 많이 일어난다고 지적했다. 사적인 노력이나 자산으로 이를 무마할 수 없고 오직 공동체의 반성을 통해 사회적 안전장치를 마련하는 일로써만 극복될 수 있다고 말했다. 그렇지 않고 오직 각자도생(各自圖生)만 꾀하는 국가는 매일같이 개인의 안전이 위협받는 '재앙사회'가 될 거라고. 그 슬픈 예언은 지금 이 땅에 고스란히 실현되어 있다.

영원히 안전한 곳이란 없다. 대구도, 안산도, 영광도, 경주도, 서울도 마찬가지다. 안전은 개념이 아니라 예방, 구조, 지원이 유기적으로 맞물려 돌아가는 국가 시스템을 뜻한다. 고립된 개인들이 각자 쌓는 울타리가 아니라 함께 만들어가는 도시의 체계가 곧 안전일 것이다.

오늘도 팽목항에는 노란 리본이 하염없이 바람에 나부낀다. 우리는 안전한가. 내 일은 아닐 거라고 장담할 만큼 이제 우리는 안전해졌는가. 진도의 컨테이너 숙소에서 1,000일 넘게 유숙하고 계시는 실종자 조은화, 허다윤 학생의 두 어머님은 참다못해 터져 나오는 울음으로 그 대답을 대신한다. 진실은 여전히 바다 속에 있다.

2014년 4월 16일은 절대로 잊을 수가 없습니다

전명선 4.16세월호참사 가족협의회 운영위원장
단원고 2학년 7반 故 전찬호군의 아버지

잊을 수 없는 그 봄을 떠올리면 가슴이 너무 아픕니다. 이 아픔을 나누고 우리 유가족을 위로해주며 지금까지 함께 하고 계신 분들이 너무나 많습니다. 그래서 우리 유가족들은 그 아픔을 견딜 수 있었고, 천만 촛불로 이룬 대통령 탄핵의 결과로 이제 진짜 진실을 밝혀 희생자들의 넋을 기리고 안전한 대한민국을 만들어 보겠다는 자신감을 가질 수 있었습니다.

사실 저는 찬호의 아버지이지만 동시에 '4.16세월호참사 가족협의회'의 운영위원장직을 하는 게 참으로 괴롭기도 하고 어렵기만 합니다. 찬호의 엄마와 형을 생각해야 하고 저 자신의 슬픔도 감내해야 하면서 동시에 우리 유가족들과 함께 험난한 진실규명 싸움도 해내야만 합니다. 찬호가 그렇게 되고 나서 진실을 반드시 밝혀내겠다고 결심하고 참사 이전에 종종 먹던 술을 3년째 먹지 않고 있기도 합니다. 굳은 각오와 결심으로 버티고 앞으로 나아가려고 하는 오늘까지의 과정에서 제게 큰 힘이 된 것은 바로 우리 세월호 가족들과 시민들이었습니다.

제 개인적으로는 작년 12월 9일 국회에서 박근혜 대통령 탄핵소추안이 가결되었던 순간을 잊을 수가 없습니다. 역사적인 그날 국회 본회의장에 세월호 가족들과 함께 방청했던 저는 의장의 가결 선포가 끝나자마자 세월호 가족과 함께 한 마디 구호를 선창하며 같이 외쳤습니다. '촛불 국민 만세!' 저와 우리 유가족들은 정말 국민들에게 감사한 심정이었습니다. 이 순간이 제게 가장 큰 보람이고 영광이었습니다. 많은 국민들은 세월호 가족이 포기하지 않고 매일같이 싸워오며 전국을 누벼왔기에 가능한 일이었다고 격려해주시지만, 사실 천일이 다 되어온 그 긴 기간 노란리본을 달고 늘 잊지 않겠다고 다짐해주시며 광화문과 안산, 팽목항 그리고 동네마다 노란리본의 물결을 이어주신 시민들이 있었기에 탄핵이란 결과가 가능했다고 생각합니다.

이름 없는 시민들의 이야기는 저를 울립니다. 사실 저와 찬호, 우리 가족도 마찬가지로 무명의 시민이었습니다. 시키는 대로만 하면 우리 가족과 함께 작은 행복을 누릴 수 있고 가능만 하다면 늙어서 고향 강원도 정선에 찬호 엄마와 함께 지낼 수 있을까 하는 꿈을 가졌던 저였습니다. 그러나 시키는 대로 가만히 있으라고 하는 것이 얼마나 무서운 것인지 알게 되었습니다. 이 책에 수록된 분들, 그리고 수많은 시민들이 거리로 촛불을 들고 연대하여 불의를 멈춰 세우고자 했습니다. 이것은 바로 세월호참사가 준 교훈이 있었기에 가능했다는 생각을 해봅니다. '시키는 대로 가만히 있지 않고 끝까지 진실을 밝혀내겠다' 이를 위해서는 '함께 손잡고 연대해야 한다'는 것이 바로 304명의 희생을 통해 깨닫게 된 진리였다고 생각합니다.

정말 많은 힘이 되었습니다. 묵묵히 자기가 있는 곳 어디든 함께 해주신, 그리고 우리 자신을 위한 일에 함께 해 오신 분들이 있었기에 우리 세월호 가족은 버틸 수 있었고 지금 희망을 이야기하며 앞으로 더 크게 나아가고자 할 수 있게 되었습니다. 거대한 촛불의 항쟁으로 광화문 416광장을 천만의 촛불 광장으로 만들어온 그 마음. 그런 국민들의 한결같은 마음을 저 역시 잊지 않고자 합니다. '이제 진실은폐 세력을 모두 청산하고 제대로 된 정권교체를 이루자', '촛불민심을 담아 정권교체가 이뤄지도록 해야 하며, 정권교체의 목표는 국민의 생명과 권리를 무시하지 않는 세상, 그것은 바로 사회 대개조이다' 바로 이것이 국민의 마음임을 잊지 않고자 합니다. 이 책이 국민들께 바치는 소중한 헌정이 되기를 감히 바랍니다. 고맙습니다.

다시 한번 부탁드립니다

전인숙 4.16세월호참사 가족협의회 대외협력분과장
단원고 2학년 4반 故 임경빈군의 어머니

경빈이는 낯가림이 좀 심한 아이였습니다. 낯선 공간에 가거나 누군가를 처음 만나는 것에 대해 부담을 좀 갖고 있던 아이였습니다. 그렇지만 그런 성향이 오래가지 않았고 5분 정도만 지나면 그 공간에 있는 누구와도 친해지고 마음을 열고 상대방에게 거짓 없이 대하던 아이였습니다.

경빈이는 7살부터 태권도를 시작해서 각종 대회에서 우승도 많이 했고 상장도 많이 받아왔습니다. 그러나 아이가 커가면서는 운동에 너무 시간을 뺏기는 것은 아닐까 싶었고 운동선수는 안정적이지 않은 것 같아서 운동을 그만두고 공부에 집중했으면 했습니다. 그래서 좋아하던 운동을 그만두고 공부를 열심히 했으면, 검사나 변호사처럼 든든한 직업을 가졌으면 했습니다. 또 또래 남자아이들처럼 게임

을 좋아했고 즐겼는데, 이 아이가 공부는 안하고 게임만 하는 건 아
닌가. 시간을 허비하는 것 같아서 야단치며 게임을 못하게 했었습니
다. 그런데 지금에 와서 생각하니 아이가 하고 싶은 것을 계속 못
하게, 혼내기만 하면서 키웠던 것은 아닐까 하는 후회가 남고 그렇
게 야단치던 시간도 돌아가고 싶은 소중한 시간이 되어버렸습니다.

사고 소식을 듣고 저희는 경빈이 여동생까지 데리고 진도로 내려
갔습니다. 16일 밤, 11시. 목포 한국병원에 경빈이가 있다는 이야기
를 듣고 병원으로 바로 달려갔습니다. 그런데 경빈이가 어디서 어떻
게 발견돼서 그 병원으로 왔는지는 아무도 몰랐습니다. 경빈이 가슴
에는 심전도를 꽂았던 자국도 있었고 병원에 오기 전에 두 차례 다
른 병원을 거쳐 왔다는 데도 기록도 사진도 남아있지 않았습니다.
그렇게 경빈이를 잃었습니다.

사고 이후 경빈이 동생을 경빈 아빠한테 맡겨두고 저는 매일 밖
으로 다녔습니다. 해뜨기 전에 집에서 나가서 깜깜한 밤이 돼서야
겨우 집으로 돌아옵니다. 전국 어디든지 세월호에 관해서 이야기하
자고 하는 곳이 있다면, 우리 이야기를 들어주는 곳이 있다고 하면
모두 갔습니다.

그러나 아직도 세월호참사에 대해 밝혀진 진실은 하나도 없습
니다. 대통령이 탄핵당했지만 파면 근거에서 세월호 참사는 제외되
었습니다. 저는 분향소에 잘 들어가지도 못하고 들어가도 아이들 얼
굴을 제대로 바라보지도 못하고 있습니다. 언제쯤 우리 아이들, 경
빈이 얼굴을 보면서 지난 이야기도 하고 엄마가 어떻게 살고 있는지
도 이야기할 수 있게 될까요.

우리 세월호 가족들이 참사 초기부터 되뇌어 왔던 것들을 다시 외쳐봅니다.

세월호의 온전한 인양!
미수습자 수습!
철저한 진상규명!
책임자 처벌!
안전한 사회건설!

세월호 참사 3주기입니다. 그동안 정말 많은 분들과 함께 했습니다. 같이 울기도 하고 욕도 하고 지쳐서 바닥에 주저앉기도 했습니다. 그리고 속도 없이 웃기도 했습니다. 그동안 정말 감사했습니다. 그러나 조금만 더 함께하자고 부탁드리고 싶습니다. 아직 가야할 길이 남았으니까요. 그때까지 저희 손을 놓지 마시라고 애원하고 싶습니다. 시민들이 계시기에, 촛불들이 보내주신 응원 덕분에 여기까지 왔습니다.

고생들 많으셨습니다.
그리고 함께여서 고맙습니다.
모두가 안전한 나라를 만들기 위해 계속 걸어갑시다.
우리의 바람은 그것뿐입니다.

너무 평범한 사람들의 세월호 분투기(奮鬪記)

박래군(4.16연대 공동대표)

2014년 4월 16일은 사람들에게 선명하게 남아 있다. 누가 그날의 기억을 모른다고 할까? 청와대에 있던 전 대통령 외에는 이 나라 국민이라면 그날을 기억하고 있다. 그리고 그 뒤에 이어졌던 많은 날들 동안 "잊지 않겠다"는 약속을 실천하는 사람들이 있었다. 그러기에 다시 세 번째 봄이 찾아왔어도 세월호는 묻히지 않았다. 박근혜 정권이 악착같이 묻으려고 했지만 오히려 세월호가 그 정권을 끌어내렸다.

이 책은 그런 사람들의 이야기다. 평범한 이들이 세월호 참사를 알게 되었던 때부터, 뭐라도 해야겠다고 마음먹고, 뭐라도 해야 했던 사람들의 이야기다. 그들만의 이야기가 아니라 나의 이야기이고, 우리의 이야기다.

"나는 그냥 할 수 있는 일을 하는 거예요. 단순하게, 재지 않고." (김환희) 그냥 할 수 있는 일은 없다. 집회에도 나가 보지 않던 사람들이 세월호를 겪으면서 할 수 있는 일을 찾았다. 서명을 받고, 피켓을 들고, 리본을 만들고, 주말 집회와 문화제마다 나가고…. "제가 제일 잘하는 게 그거거든요. 머릿수 채우는 거, 박수치는 거. 이거라도 해야겠다고 마음먹은 거뿐이에요."(이경숙) 직장을 다니고, 집안일을 하고 지치고 힘든데도 이렇게라도 해야 했던 사람들의 이야기들, 이런 마음들이 이어져서 오늘까지 왔다. 그리고 앞으로도 이어질 것이다.

"비가 오면 저희는 원피스 품속으로 서명지를 집어넣었어요. 젖을까 봐. 저희도 그걸 생명처럼 다뤘어요. …그리고 피켓을 들면 그걸 내려놓을 수 있다고 생각을 못 했어요. 발발발 떨면서 몇 시간이라도 들고 있어야 하는 줄 알았어요."(정유라) 누가 시켜서는 못할 일이다. 이런 사람들이 있어서 6백5십만 명의 서명으로 세월호참사 진상규명특별법을 만들었다. 그런데 이 정부가 특별법에 의해서 구성된 특별조사위원회를 강제 해산시켰다. 그것으로 정권의 의도가 먹힐 것 같았지만, 우리가 같이 보았듯이 되레 그 정권이 망하고 말았다. 국민들의 마음속에 깊게 자리 잡은 세월호 참사다.

너무 괴롭고 죄스러워서 광화문 광장에 나오고, 팽목항까지 먼 길을 걸어간다. 나보다 더 아픈 자식 잃은 당사자들이 앞에 서 있는데 나의 힘듦과 아픔은 비할 수가 없다. "바다를 향해서 즉석 밥도 올려놓고 콜라도 올려놓고 과자도 올려놓고 마지막으로 애들 사진 세워두고 거기다 아버지가 절을 하는데, 그 모습을 보는데, 아……

(탄식) 마음이 너무……(말을 잇지 못한다)"(최강현) 애비가 먼저 간 자식의 영정 앞에 절을 하는 모습, 아들딸을 잃은 그들이 삭발까지 하는 모습을 울면서 보아야 했던 사람들은 어느새 자기도 모르게 스며들었다. "당사자들이 기약 없는 싸움을 하는 데, '내가 언제까지 해볼게'는 의미가 없는 거 같아요."(이명희) 그래서 3년이 되는 지금까지도 사람들은 자기가 할 수 있는 일을 찾아서 계속하고 있다. 이제 지겹다는 말은 통하지 않는다. "아직 안 끝났잖아요. 아직 안 끝났으니까 해야죠."(국슬기)

"결국, 다 죽고 시신이 올라오기 시작하는데, 저도 모르게 눈물이 쏟아지는 거예요. 지하철에서도 울고, 교복 입은 학생들만 봐도 울고…."(황용운) 울고만 있을 수 없었던 사람들은 각자 자기가 할 수 있는 일을 찾아냈다. 황 씨는 단원고 학생들의 수학여행 목적지인 제주도로 옮겨서는 기억공간을 만들어 운영한다. 힘들기만 한 게 아니다. 세월호 참사와 관련한 일들을 하면서 "유가족분들껜 죄송하지만 이 고통스러운 장소가 살아갈 힘을 줘요. 우리 모두가 참 소중한 사람이구나. 나는 내가 아니고 너구나. 저 아이도 내 자식이고 저 엄마도 내 엄마고. 우리가 그런 느낌을 어디서 받아 봐요?"(정유라) 이런 공감과 연대감을 얻는다. '돈 중심의 사회'에서 나와 내 가족만 알기를 강요받아왔던 사람들이 깨어나 세상은 서로서로 연결되어야 한다는 걸 알게 되고, 거기서 비로소 사람으로 살아가는 이유를 발견하게 되었다. 이렇게 깨어난 사람들이 있어서 지난 겨울의 광장에서 사람들은 지치지 않고 촛불을 들었던 것은 아닐까? 주권자 의식을 가진 시민들의 탄생과정을 이 책은 고스란히 날것으로 보여준다. 그것은 나의 경험이고 이 사회에 축적되어가는 새로운 변화의 조짐들이다. 민주주의는 새로워지고 있다.

그런 사람들은 스스로 다짐을 한다. "세월호 같은 비극이 다시는 일어나지 않길 바래요. 국가가 국민을 구조하지 않는 게 이번이 마지막이기를. 가해자가 피해자에게 눈물을 멈추라고 강요하지 않는 세상이 되기를."(장한나) 어찌 이런 바람이 장한나 만의 바람일까? 이런 소망을 공유한 사람들이 만들어갈 세상은 어둡지 않다. 아직은 우리가 사는 세상은 언제 침몰할지 모르는 세월호이고, 이 배가 침몰했을 때 구조해줄 국가가 아직은 없을지 몰라도, 광장을 지키고, 거리에 서고, 같이 울고, 같이 외치던 사람들이 있어서 미래를 기약할 수 있지 않을까. 별이 된 그 아이들, 그 아이들을 잃고 우는 당사자들의 손을 잡고, 그 손 놓지 않고 가는 길이 벌써 3년이다. 그리고 서울에서 제주도까지, 아니 세계 곳곳에서 세상을 바꾸고 있는 것은 아닌가.

이 책은 그래서 울림이 있다. 여기에서 말하는 이들은 평범한 시민들이다. 평소 큰 소리 한 번 내보지 못했던 사람들이어서 더 큰 울림이 있다. 그리고 그 울림은 보편성이 있다. 그 울림만큼의 감동이 있다. 그리고 또 하나 자신감을 준다. 이렇게 내 마음처럼 생각하고 움직여온 사람이 있음을 확인하게 되므로 이 책을 읽는 독자에게 움직일 수 있는 용기를 준다.

다시 몸과 마음을 앓아야 하는 봄이다. 세월호를 타고 제주도로 수학여행을 갔던 이들이 돌아오지 못한 봄이다. 아직은 진실은 드러나지 않았고, 책임자들은 처벌되지 않았으므로 우리가 뭔가라도 해냈다고 생각지는 말자. 서로 기대며 손잡은 시간이 있어서 그래도 조금은 덜 아프고 서러운 봄일 수 있지 않겠는가.

많은 이들이 이 책을 읽어주기를 진심으로 바란다. 그리고 이 책을 시작으로 더 많은 이들의 이야기들이 책으로 묶여 나오기를 바란다. 그런 작업을 촉발하기에 이 책은 부족함이 없다.

3주기를 한 달 앞둔 2017년 3월,
청와대가 훤히 보이는 광화문 세월호 광장에서.

나
오
며
⋮

정원선

나무는 자기 몸으로/ 나무이다/ 자기 온몸으로 나무는 나무가 된다/

자기 온몸으로 헐벗고 영하 13도/ 영하 20도 지상에/

온몸을 뿌리 박고 대가리 쳐들고 / 무방비의 나목(裸木)으로 서서/

두 손 올리고 벌받는 자세로 서서/

아 벌받은 몸으로, 벌받는 목숨으로 기립하여, 그러나/

이게 아닌데 이게 아닌데/

온 혼(魂)으로 애타면서 속으로 몸 속으로 불타면서/

버티면서 거부하면서 영하에서/ 영상으로 영상 5도 영상 13도 지상으로/

밀고 간다, 막 밀고 올라간다/ 온몸이 으스러지도록/

으스러지도록 부르터지면서/ 터지면서 자기의 뜨거운 혀로 싹을 내밀고/

천천히, 서서히, 문득, 푸른 잎이 되고/

푸르른 사월 하늘 들이받으면서/ 나무는 자기의 온몸으로 나무가 된다/

아아, 마침내, 끝끝내/ 꽃 피는 나무는 자기 몸으로/ 꽃 피는 나무이다

- 황지우 詩, "겨울-나무로부터 봄-나무에로" 全文, 민음사, 1999

대담자들의 인터뷰를 글로 바꾸며 참고하려고 새로운 책들을 두루 찾아 읽었다. 정치철학자 토마스 홉스의 〈리바이어던〉도 그중 하나였다.

구약성경 욥기 40장과 41장에는 거대한 괴물이 등장한다. 홉스는 이에 착안해 두 권의 책을 썼다. 〈베헤모스〉와 〈리바이어던〉이다. 베헤모스는 거대하며 누구도 말릴 수 없는 거대한 육지 괴수이고, 리바이어던은 입에서는 불을 뿜고 온몸이 강철 같은 비늘로 뒤덮인 바다 괴물이다. 홉스는 국가를 리바이어던에 비유했고, 베헤모스를 국가가 없는 무정부 상태로 은유했다. '사회계약론'은 바로 〈리바이어던〉에서 비롯한다. 개인이 안전과 번영을 보장받기 위해 자유의 제약을 받아들이겠다고 합의한 체제가 국가라는 것이다. 그러나 공동체의 안전과 번영을 유지하고자 개개인이 위임한 권력은 권력자들의 사적인 욕망을 충족시키는데 남용되고, 그 이상 국가는 시민들의 생명과 재산을 위협하며 제어되지 않는 괴물로 둔갑한다. 국가, 아니 리바이어던은 무정부 상태, 아니 베헤모스를 해체하고 진압해 '질서'를 회복하려 들지만 이 둘의 싸움은 결국 베헤모스의 승리로 끝난다. 간단히 풀이하자면, 개인을 존중하지 않는 국가는 결국 혁명을 통해 해체되고 만다는 이야기겠다.

홉스의 탁월한 비유에 감탄하면서도, 그리고 리바이어던과 베헤모스의 싸움이 곧 세계의 권력 이동 역사를 의미한다는 지그문트 바우만의 해석에 고개를 끄덕이면서도 읽는 내내 마음이 쓰렸다. 원고를 쓰던 작업실 바깥의 현실이 그와 다르지 않았기 때문이다. 단지 광화문에서 발화된 시민들의 촛불 혁명만을 말하고 있는 것은 아니다. 공동체를 파괴하고 국민을 학살하는 리바이어던의 끔찍한 모습에서 3년 전 세월호 참사가 직접적으로 연상됐던 까닭이다. 국가를 상징하는 리바이어던은 본래 바다 괴물이었다. 지금도 많은 사람들은 진도와 제주도 사이의 바다를 똑바로 바라보지 못한다. 그러나 문제는 바다에 있었던가. 아니다. 리바이어던, 즉 괴물이 된 국가에 있었다. 시늉뿐이던 구조 작업마저 포기한 이후, 사람들은 물었다. '이것이 국가인가', '그날 국가는 어디에 있었는가'고.

시민들은 지난 겨울 내내 광장에 뛰쳐나와 부패한 권력자를 몰아냈다. '명예혁명'이라 불러도 틀리지 않을 성과다. 대통령은 새롭게 선출될 것이고, 그는 (아마도) 전 정권보다 훨씬 더 상식적이며 개혁적일 것이다. 그러나 싸움은 아직 끝난 게 아니다. 리바이어던은 국가의 일반적인 속성이기 때문이다. 우리가 권력자를 조금 덜 나쁜 사람으로 교체하는 것으로 만족하지 않기를 바란다. 끝내 우리가 이뤄내야 하는 일은 이 리바이어던의 핵심부에 시민이라는 최고의, 유일한 권력만이 존재한다는 걸 아로새기는 것이 아닐까. 거창하다면 거창하고, 소박하다면 소박하게 그런 생각을 하며 원고를 썼다.

각주가 적지 않은 편인데, 인터뷰를 보다 입체적으로 드러내기 위해 의도적으로 붙인 것이기도 하다. 대담자들이 언급하는 사건을 기록하는 뉴스를 주석으로 만들기 위해 나름대로 요약하면서 이 각주들이 단지 인터뷰의 보편성을 확장하기보다, 사회적, 역사적 맥락과 더불어 환기될 수 있기를 바랬다. 그리하여 십 여 명의 인터뷰를 다룬 이 책이 지난 3년간의 시대화, 일종의 '게르니카'처럼 받아들여졌으면 좋겠다고 감히 희망한다. 결국 시대란 시민들이 살아간 삶이니까 말이다.

마지막으로 감사를 전한다. 프로젝트를 함께 하자고 제안해준 4.16연대의 배서영 처장님, 곽서영씨, 처음부터 끝까지 함께 한 공저자 배영란씨, 거듭된 인터뷰에 매번 응해주시고, 글을 싣도록 허락해주신 인터뷰이 모든 분들, 또 카카오 스토리펀딩에 참여해준 5천여 명의 시민분들, 페이스북과 블로그에 응원을 달아준 친구들과 선후배님들, 짧지 않은 과정을 내내 참고 감당해 준 가족(정영호, 김남순, 김라경)들, 또다시 발간을 맡아주신 해토 출판사의 고찬규 대표님, 한겨울 내내 사무실 한 칸을 선뜻 내주신 KR부동산 아카데미의 이철희 대표님, 윤영근 본부장님, 권진덕 과장님께(더불어 박재명 선배님께). 마지막으로 노랫말을 제목으로 허락해주신 작곡가 윤민석 선생님께도. 고맙습니다. 전부 여러분 덕택입니다.

그리고 사과도 드리고 싶다. 기꺼이 인터뷰에 응해주셨으나 분량 문제로 혹은 내 능력 부족으로 책에 담아내지 못한 강경문 선생님 (회사원, 경기), 김성경 선생님(자영업자, 부산), 김유민 군(대학생, 완도), 박상헌 군(고등학생, 서울), 손채은 선생님(교사, 서울), 신준희 선생님 (학원 대표, 서울), 장용철 선생님(배우, 서울), 장은하 씨(대학생, 경기), 정보람 선생님(교사, 일산), 조혜경 선생님(활동가 겸 주부, 광주)께 진심으로 미안하다는 말씀을 올린다.

이 책의 발원지가 세월호 유가족들의 눈물임을 잊지 못하겠다. 지난 3년, 그분들의 고통과 희생은 언어로 가 닿을 수 없는 지경이었다. 이제 그 바통을 우리가 받아야 할 때일 것이다. 당신들이 겨울 나무로 서서 봄까지 버텨 주셨으니 이제 우리가 봄 나무로 서서 잎과 꽃을 틔우고, 다시 여름 나무와 가을 나무로 온기를 전해 열매를 맺을 때까지 공동체의 몫을 다해 가야 하리니.

앞서 인용한 황지우씨의 '겨울-나무로부터 봄-나무에로' 에서의 '나무'를 나는 가끔 (희생자) 부모님들로 바꿔 읽는다. 읽어본다.

부모는 자기 몸으로 부모이다……헐벗고 영하 13도 지상에, 영하 20도 지상에…… 이 벌받은 몸으로, 벌받은 목숨으로 기립하여…… 몸 속으로 불타면서…… 막 밀고 올라간다…… 으스러지도록 부르터지면서…… 부모는 자기의 온몸으로 부모가 된다.

그 죄스러움과 미안함을 철저한 진상 규명으로 돌려드리고 싶다. 그렇게 할 것이다.

기어코.

나
오
며
⋮

배영란
_____

세월호참사 이후 광장과 거리에서 많은 사람을 만났습니다. 우리는 따로 떨어져 있는 점이 아니고 서로 연결되어 있고 네가 아프면 나도 아프다는 것을 그 길에서 사람들을 통해 배웠습니다. 참사 이전에 알았다면 더 좋았을 모든 것들을 304명의 생명, 304개의 우주를 잃고 나서 알게 됐습니다.

미안함과 고마움이라는 단어로 표현되지 못할 모든 것까지 잊지 않겠습니다.

지난 1년 동안 가장 든든하게 지지해주고 함께해준 416연대의 '두'서영, 배서영처장님과 곽서영님. 그리고 공저자 정원선님. 부족한 인터뷰어라 여러 가지로 불편하셨을 텐데 오히려 더 편하게 대해 주시고, 꺼내기 힘든 속 깊은 이야기도 기꺼이 나눠주셨던 모든 인터뷰이분들. 광화문 세월호 농성장에서 인터뷰를 진행할 때마다 아주 소소한 부분까지 챙겨주셨던 상황실 식구들. '이명박근혜시대'

내내 함께 방송하면서 그럼에도 희망을 이야기해야 한다고 가르쳐준 '나는 꼽사리다'팀. 질투 없는 인간관계, 함께라는 뭉클함을 보여준 '광화문 TV' 멤버들. 우리가 둘도 아니고 셋이라 모든 시간을 건널 수 있었던 동생님들에게 감사의 인사를 남깁니다.

잊지 않겠다는 말을 과거의 일로 남겨두지 않고 지금의 행동으로 함께하겠습니다.

세월호참사로 희생된 304명의 이름을 모두 불러봅니다.
괄호 표시는 미수습자입니다. 추운 곳에서 오래 기다리게 해서 미안해요.

[단원고등학교]

[2-1반] 고해인 김민지 김민희 김수경 김수진 김영경 김예은 김주아 김현정 문지성 박성빈 우소영 유미지 이수연 이연화 정가현 한고운 (조은화)

[2-2반] 강수정 강우영 길채원 김민지 김소정 김수정 김주희 김지윤 남수빈 남지현 박정은 박주희 박혜선 송지나 양온유 오유정 윤민지 윤솔 이혜경 전하영 정지아 조서우 한세영 허유림 (허다윤)

[2-3반] 김담비 김도언 김빛나라 김소연 김수경 김시연 김영은 김주은 김지인 박영란 박예슬 박지우 박지윤 박채연 백지숙 신승희 유예은 유혜원 이지민 장주이 전영수 정예진 최수희 최윤민 한은지 황지현

[2-4반] 강승묵 강신욱 강혁 권오천 김건우 김대희 김동혁 김범수

김용진 김웅기 김윤수 김정현 김호연 박수현 박정훈 빈하용 슬라바 안준혁 안형준 임경빈 임요한 장진용 정차웅 정휘범 진우혁 최성호 한정무 홍순영

[2-5반] 김건우 김건우 김도현 김민석 김민성 김성현 김완준 김인호 김진광 김한별 문중식 박성호 박준민 박진리 박홍래 서동진 오준영 이석준 이진환 이창현 이홍승 인태범 정이삭 조성원 천인호 최남혁 최민석

[2-6반] 구태민 권순범 김동영 김동협 김민규 김승태 김승혁 김승환 박새도 서재능 선우진 신호성 이건계 이다운 이세현 이영만 이장환 이태민 전현탁 정원석 최덕하 홍종영 황민우 (남현철) (박영인)

[2-7반] 곽수인 국승현 김건호 김기수 김민수 김상호 김성빈 김수빈 김정민 나강민 박성복 박인배 박현섭 서현섭 성민재 손찬우 송강현 심장영 안중근 양철민 오영석 이강명 이근형 이민우 이수빈 이정인 이준우 이진형 전찬호 정동수 최현주 허재강

[2-8반] 고우재 김대현 김동현 김선우 김영창 김재영 김제훈 김창헌 박선균 박수찬 박시찬 백승현 안주현 이승민 이승현 이재욱 이호진 임건우 임현진 장준형 전현우 제세호 조봉석 조찬민 지상준 최수빈 최정수 최진혁 홍승준

[2-9반] 고하영 권민경 김민정 김아라 김초예 김해화 김혜선 박예지 배향매 오경미 이보미 이수진 이한솔 임세희 정다빈 정다혜 조은정 진윤희 최진아 편다인

[2-10반] 강한솔 구보현 권지혜 김다영 김민정 김송희 김슬기 김유민 김주희 박정슬 이가영 이경민 이경주 이다혜 이단비 이소진 이은별

이해주 장수정 장혜원

[교사] 유니나 전수영 김초원 이해봉 남윤철 이지혜 김응현 최혜정 강민규 박육근 (고창석) (양승진)

[일반] 조충환 지혜진 조지훈 서규석 이광진 이은창 신경순 정명숙 이제창 서순자 박성미 우점달 전종현 한금희 이도남 리샹하오

[용유초동창생] 김순금 김연혁 문인자 백평권 심숙자 윤춘연 이세영 인옥자 정원재 정중훈 최순복 최창복

[인천시민] 최승호

[제주도민] 현윤지 (이영숙) (권재근) (권혁규)

[선원] 박지영 김기웅 정현선 양대홍 방현수 이현우 김문익 안현영 구춘미 이묘희

    그리고 세월호 수색 때 돌아가신 이광욱 잠수사님과 우리에게 뒷일을 부탁해주신 김관홍 잠수사님

    잊지 않겠습니다. 절대로 잊지 않겠습니다